Friedrich Schlie

Zu den Kyprien, eine archäologische Abhandlung

Antigonos

Friedrich Schlie

Zu den Kyprien, eine archäologische Abhandlung

Unveränderter Nachdruck der Originalausgabe von 1874.

1. Auflage 2024 | ISBN: 978-3-38640-530-0

Antigonos Verlag ist ein Imprint der Outlook Verlagsgesellschaft mbH.

Verlag: Outlook Verlag GmbH, Zeilweg 44, 60439 Frankfurt, Deutschland, info@outlook-verlag.de
Vertretungsberechtigt: E. Roepke, Zeilweg 44, 60439 Frankfurt, Deutschland
Druck: Libri Plureos GmbH, Friedensallee 273, 22763 Hamburg, Deutschland

Zu den Kyprien. [1]

Τεμάχη τῶν Ὁμήρου μεγάλων δείπνων.
Athen. VIII, p. 347 E.

(Einleitung.) Die Arbeit Welcker's im ersten Bande seines epischen Cyclus [2] erscheint wie ein mit den Waffen des reichsten Wissens geführter grosser Kampf durch die Labyrinthe hartnäckig widerstrebender Meinungen, als ein Kampf um die nothwendigen historischen Grundlagen, auf denen die Betrachtung jener Fülle epischer Poesien sich aufbauen könne, die wie im Kreise die Ilias und Odyssee umgeben, deren geistiges Verhältniss zu den beiden homerischen Gedichten aber bis in unser Jahrhundert hinein nicht richtig erfasst worden war [3]. Demselbem fruchtbaren Boden alter Sage und altgriechischen Heldengesanges wie die Ilias und Odyssee entwachsen, standen sie einst in längst vergangener Zeit mit diesen wie das mannigfach in einander verflochtene Geäst eines weit reichenden gewaltigen Baumes da. Doch einer im vernichtenden Laufe der Zeiten gealterten Eiche vergleichbar, deren beide gewaltigste Arme in der Mitte noch mit frischem Laube umkränzt in lang dauernder Jugend zum Himmel ragen, während ringsumher abgestorbenes und zerfallenes Gezweig sie umgiebt oder in Splittern den Boden bedeckt, sehen wir jetzt die Ruine jenes alten Baumes griechischer Epen und Heldengesänge vor uns: die beiden homerischen Epopöen sind in unvergänglicher Schönheit geblieben, die anderen ähnlichen Gedichte aber, die mit ihnen den organischen Wuchs und Bau des Ganzen vollendeten, sind zu vereinzelten Trümmern und Bruchstücken geworden. Allein aus dem Zusammenhange dieser letzteren mit dem Ganzen die einstige Herrlichkeit vor unserm Geiste aufs Neue in Ahnungen erschlossen und sie so gleichsam mit frischem Leben erfüllt zu haben, ist das besondere Verdienst des zweiten Bandes vom epischen Cyclus [4], in welchem der alte Welcker wie ein Sieger erscheint, der, nachdem er die Hitze des Kampfes bestanden, nun in der nöthigen Ruhe und in der Kraft seines von den Anschauungen aller Schönheit antiker Kunst und Poesie gesättigten Geistes die Früchte seiner Arbeit sammelt, ohne aber darüber seine Gegner aus dem Auge zu verlieren. Dieses Buch, das u. a. Schneidewin — wenn ich nicht irre — unter seine Lieblingsbücher zählte, ist die Ausführung jenes Themas in der Vorrede zum 1. Bande p. X: „In ihren

---

[1] Diese Abhandlung ist der erste Theil einer umfangreicheren Arbeit, welche den Titel führen wird: Ueber die Bedeutung der antiken Kunstdenkmäler für die altgriechischen Epopöen.

[2] 2. Auflage mit angehängten Zusätzen 1865. Bonn. Ed. Weber.

[3] Welcker, ep. Cykl. I, p. 405 ff., II, p. 81. Bernhardy, Grundr. d. gr. Litt. II. p. 203. Nitzsch, Beiträge z. ep. Poesie 1862, pp. 207, 217, 221.

[4] Bonn, 1849.

1

Motiven, eigenthümlichen Erfindungen, ethischen Ideen, in allem, was eine gründliche Unterscheidung und Beurtheilung erfordert, eine allgemeine Kenntniss ihrer Individualität, scheinen diese Poesien noch fast gar nicht erklärt"[1]). Mit feinem Sinn spürt Welcker hierin dem Inhalt und allen irgend nur auffindbaren Eigenthümlichkeiten derselben nach, und indem er bald hier, bald dort einen Baustein zur Vollendung der Schönheit hinzufügt, versenkt er sich mit ganzer Liebe in jenen Epenschatz, der einst allen späteren Dichtern der Griechen ein immer sprudelnder Born und, wie wir speciell wissen, z. B. auch dem Sophokles eine Fundgrube für seine Tragödien war[2]). Zwar sind Welckers Studien im Einzelnen mehrfach berichtigt worden (vgl. Bernhardy l. c. p. 192, 197 ff., 203. Nitzsch Sagenpoesie, 36—39, 42 ff., Beiträge zur ep. Poesie, p. 217), doch werden sie die bedeutendste Grundlage für alle hierher gehörigen Fragen bleiben. Gewähren doch, wie sich im weiteren Verlauf dieser Untersuchungen noch oft herausstellen wird, selbst seine bisweilen nicht ganz leicht zu begründenden, immer aber einer seltenen und grossartigen Ueberschau über das gesammte Gebiet des Alterthums entspringenden Vermuthungen meistentheils so sehr den Eindruck des antiken Geistes, dass man nicht selten wünschen möchte, er habe das Richtige gesehen und erkannt, und dass selbst seine Gegner nur behutsam gegen ihn zu Werke gehen[3]).

In der Einleitung zum ersten Bande des epischen Cyclus p. X sagt Welcker, dass die von der bildenden Kunst der Griechen gewonnene Einsicht schon frühzeitig entschiedenen Einfluss auf seine Auffassung von ihrer Poesie geübt habe. „Ihre (der alten Epen) Wirkung aber ist in den Werken der Kunst vom Kasten des Kypselos und dem Thron von Amyklä an im weitesten Umfang, sie ist in der lyrischen Poesie (Griech. Tragg. p. 7 ff.) und seit Aeschylus in der Tragödie in solchem Maasse sichtbar, dass dieser Einfluss in der Kunst dem des Homer gleicht und in der Poesie, wenn man von Homer selbst absieht, nicht seines Gleichen findet." (Ep. Cycl. II, p. 64.) Ein Blick in die einschlägigen Kunstdenkmäler ist nun allerdings ebenso wie eine Rundschau auf dem Gebiete der späteren Poesie ganz ausserordentlich dazu geeignet, die ungemeine Fruchtbarkeit der alten Epenwelt zu erweisen und auch so noch einen nicht geringen Glanz auf dieselbe zu werfen. Denn wie der im Laufe der Zeiten breit und mächtig entwickelte Strom des griechischen Heldenepos mit seinem unerschöpflichen Reichthum an einzelnen Gestaltungen die Grundlage für die ganze spätere Entwickelung der Poesie geworden und alle nachfolgenden Dichter, besonders die Lyriker und Tragiker, fortwährend wieder wie mit magischer Gewalt in seinen Zauberbann gezogen; wie diese Dichter nicht müde wurden, die liebgewordenen alten Sagen und Mythen auf jede Art zu variiren und in und an ihnen alle Tiefen und Weiten des menschlichen Herzens zu durchmessen: gerade so sind auch vor allen diejenigen Mythen, welche einst das nationale Epos erfüllten[4]), zu beliebten Gegenständen der alten Kunst geworden und immer von Neuem in einer den Veränderungen der Zeiten entsprechenden Weise von den griechischen Künstlern nach allen Richtungen hin behandelt worden. Somit zeugen auch die alten Kunstwerke an ihrem Theile in beredter Weise von jener sprudelnden Lebenskraft, womit einst die Gebilde des Epos die Geister unablässig befruchteten und

---

[1]) Nitzsch, l. c. p. 221, Anmkg.

[2]) Athen. VII. p. 277 E. Ἔχαιρε δ'ὁ Σοφοκλῆς τῷ ἐπικῷ κύκλῳ, ὡς καὶ ὅλα δράματα ποιῆσαι κατακολουθῶν τῇ ἐν τούτῳ μυθοποιίᾳ. Schneidewin Einl. zu Sophokl. p. 26. Bernhardy l. c. II, p. 199. Ep. Cycl. II, p. 430 ff. Welcker, gr. Tragg. I, p. 86 ff. — Die Gedichte müssen noch lange im Gebrauch gewesen sein. Photios aus Proklos: Λέγει δὲ ὡς τοῦ ἐπικοῦ κύκλου τὰ ποιήματα διασώζεται καὶ σπουδάζεται τοῖς πολλοῖς οὐχ οὕτω διὰ τὴν ἀρετὴν ὡς διὰ τὴν ἀκολουθίαν τῶν ἐν αὐτῷ πραγμάτων: Ep. Cycl. I, p. 23, n. 27. II, p. 61—63, n. 75. Bernhardy, l. c. p. 193 ff. Pausanias, Clemens Alexandrinus, Athenaeus und noch spätere Schriftsteller und Dichter mussten sie, aus ihren Citaten zu schliessen, noch gelesen haben. Ep. Cycl. 1, p. 29, II, p. 64 ff. Welcker nimmt an, dass Philostratos bei seinem Ἡρωικὸς die Κύπρια benutzte, II, p. 140.

[3]) Bernhardy l. c. 204.

[4]) Otto Jahn, Münch. Vas. Einl. p. CLXVII.

von einer Schöpfung zur andern führten. „Der Reichthum an mythischen Scenen und an einzelnen fein gedachten Motiven, der uns hier entgegentritt — und nach dieser Seite hin bringt fast jeder neue Fund noch neue Ueberraschungen — kann uns eine Ahnung geben, in welchem Grade durch Poesie und Kunst der Sagenschatz durchgearbeitet und wie allgemein Kenntniss und Verständniss derselben, Genuss und Freude daran verbreitet war." (Jahn l. c. p. CCXV.)

Schon ein flüchtiges Durchblättern der bekannteren kleineren Sammelwerke wie Inghiramis Galleria omerica und Overbeck's Heroengallerie, deren Zeichnungen und Stiche oft nur eine mangelhafte Vorstellung von den Originalen geben, und die nicht einmal alle, sondern nur die grösseren Sagen-Complexe des alten Epos umfassen, genügt, um zur Bestätigung des Ebenbemerkten zu dienen [1]). Welcker hatte daher nicht Unrecht, wenn er bereits 1836 in einer Besprechung des erstgenannten Werkes [2]) sagte, dass z. B. schon zur Ilias nur aus Vasengemälden eine Gallerie sich bilden liesse, über deren Reichthum man erstaunen würde.

Keineswegs aber sind, soviel wir nach den erhaltenen Monumenten urtheilen dürfen, die beiden homerischen Epen [3]) von der alten Kunst am meisten ausgezeichnet [4]); im Gegentheil treten ihre Sagenkreise ebenso wie die thebanischen vor anderen, z. B. denen der Aithiopis, der Oresteia, und vor allen der Kyprien an Zahl wie an Pracht und Glanz zurück. Ob bezüglich der Ilias der Grund hievon darin liege, dass die vielen Kampfes-Schilderungen in derselben der bildlichen Reproduction zu charakteristischer Entfaltung nicht Gelegenheit genug bieten, mag dahin gestellt bleiben. Doch ist dies eigenthümliche Verhältniss der Ilias zu andern Sagenkreisen, dieser Reichthum von Monumenten, der den grösseren Theil der letzteren auszeichnet, eine von den Ursachen zu jener in den archäologischen Studien oft berührten Frage gewesen, ob nicht die mangelhafte schriftliche Ueberlieferung der übrigen alten Epen durch die einschlägigen Kunstwerke vielfach eine gewisse Ergänzung finden könne und müsse. Indem man aber zugleich wahrnahm, dass ebenso wie alle anderen Erscheinungen des griechischen Wesens auch die Kunstwerke in einem zahlreichen und glänzenden Zuge, und zwar hinter [5]) den Poesien her, dasselbe Gepräge einer allmählichen volksthümlichen Entwicklung an der Stirn trügen, richtete man bezüglich des Epos mit Recht seine Aufmerksamkeit auf die älteren Kunstdarstellungen. Eine zahlreiche Menge von hierhergehörigen vortrefflichen Beobachtungen, besonders Welckers, Jahns, Brunns u. a., liessen sich beibringen [6]). Bekanntlich giebt es nun keine Classe von Monumenten, an denen sich besser als an den Vasenbildern die ganze Entwicklung der griechischen Kunst, vor allem aber jene frühere Periode der unbedingten Herrschaft des Epos nachweisen liesse [7]). Die Gründe

---

[1]) Vgl. ferner Jahn, l. c. CLXV, CCXI, CCXXIV.

[2]) Allgem. Litter. Ztg., Halle 1836, April, S. 587. A. D. V, p. 214 ff.

[3]) Overbeck, Heroengall. p. 372—487 u. p. 752—819. Welcker, A. D. V, 224 ff. (Nachtrag zur Odyssee). Ann. d. J. 1872 (Conze), p. 187—215.

[4]) Jahn, l. c. p. CLXVII, CLII. Anmkg. 1069. Welcker, A. D. V, 253. Brunn, Rilievi delle urne etr. p. 69.

[5]) Jahn, l. c. p. CLXVII, CCXXXII.

[6]) Welcker, A. D. III, 410, 413, 415, 431; V, 367, 370, 372, 373, 444, 478, 479. Jahn, l. c. CLII, CLVI, CLXVI, CLXVII, CCXIV, CCXV. Einleitung zu Overbeck's Heroengallerie I—XXV. Brunn, troische Miscellen, Ber. d. b. Ak. d. W. 1868 I, 2., p. 55 ff. 58.

[7]) Welcker, ep. Cycl. I, p. 354. Jahn, l. c. CXXXI ff., CLII, CLXVII, CCXXV. Welcker, A. D. V, 444, 478, 479. Overbeck, l. c., Einl. IX, XI, XVI, XIX—XXI. — Vgl. Jahn, l. c. p. CCXXXVII: „Als das wesentlichste Resultat ist es zu betrachten, dass die grosse Masse der bemalten Vasen nicht allein unzweifelhaft griechischen Ursprungs ist, sondern dass sich in denselben eine zusammenhängende Entwicklung nach Technik und Stil, wie nach der Wahl und Auffassung der Gegenstände verfolgen lässt, welche mit der geschichtlichen Entwicklung des Lebens, der Sitte, der Poesie und Kunst der Griechen überhaupt unauflöslich verbunden ist." An einer andern Stelle, pop. Aufs. a. d. Alterthumswissenschaft p. 332: „Wer bedenkt, wie trümmerhaft und zersplittert unsere Ueberlieferung vom Alterthum ist, wie selten uns ein Ganzes geboten wird, wie mühselig und doch wie unvollständig die Steinchen zusammengelesen werden müssen, um nur die Umrisse mancher Bilder wieder hervorzubringen, der wird den Gewinn ermessen, dass uns

hievon liegen nahe genug. Durch zahlreiche glückliche Funde sind ihrer viele Tausende aus allen Epochen der griechischen Kunstübung ans Licht gekommen und zum Theil so prächtig erhalten, dass man glauben möchte, sie wären erst eben aus den Händen des Fabrikanten und Malers hervorgegangen. Nicht so steht es mit den übrigen Kunstgattungen. Wenngleich ausser schriftlichen Ueberlieferungen über dieselben auch zahlreiche Wandmalereien, Reliefs in Marmor und Metall, Statuen einzeln und in Gruppen, geschnittene Steine und Denkmäler anderer Art mit allerlei Darstellungen aus den dem Epos angehörenden Sagenkreisen auf uns gekommen sind, so stammen dieselben ihrer weitaus grösseren Masse nach doch mehr oder minder aus einer viel jüngeren Zeit, in der neben dem Epos eine Reihe von anderen Einflüssen sich geltend machten[1]. Dies letztere ist nun allerdings auch in den jüngeren Vasenclassen wahrzunehmen, allein die Zahl der älteren Vasenbilder ist immer noch gross genug, um uns für den Verlust so vieler anderer gleichzeitiger Malereien und selbst Sculpturwerke in gewisser Weise zu entschädigen. Daneben ist zu Gunsten ersterer noch in Betracht zu ziehen, dass sich in Folge der leichteren Fabrikation die Vasenmaler weit eher als andere Bildner zu complicirteren Darstellungen trotz des verhältnissmässig kleinen Raumes angetrieben und deshalb besonders zu den so sehr dazu geeigneten alten Sagengruppen mit ihren mannigfaltigen Götter- und Menschengestalten hingezogen fühlen mussten. Das ist denn auch in der That der Fall gewesen. „Die Sagengeschichte selbst ist in einer Fülle dargestellt, welche eine umfassende Kenntniss, ein eigentliches Leben mit der poetisch ausgebildeten Sage bei den Darstellenden wie beim Publikum voraussetzt" (Jahn, Münch. Vas. Einl. CXXXII)[2]. Durch diese und andere Vorzüge entschädigen uns nun die Vasen aufs Reichlichste dafür, dass sie, wenngleich aus einer Kunstübung hervorgegangen, die mit den ältesten bekannten Kunstwerken anderer Art eine gemeinsame Wurzel hat[3], wenngleich ihre Bilder späterhin oft auf das Geistreichste componirt und mit dem Ductus einer genialen Meisterhand auf die Fläche geworfen wurden, trotzdem in ihrer grossen Mehrzahl nur mehr oder minder flüchtige Skizzen blieben und als Kunstwerke ersten Ranges nicht ausgegeben werden dürfen[4]. Sie sind im Apparat der antiken Kunstgeschichte nicht selten das, was in der modernen die Handzeichnungen zu bedeuten haben; ich erinnere in dieser Beziehung nur an die Erörterungen über den Styl des Polygnotos[5]) und an die Untersuchungen Brunns in seinen Problemen zur Geschichte der Vasenmalerei.

Bei der Frage aber nach dem Werthe dieser Monumente für die Erweiterung unserer Vorstellungen von den verlornen alten Epen und von dem Einflusse dieser letzteren auf die bildende Kunst kommt es vor allen Dingen auf die Kriterien an, mit deren Hülfe gewisse Züge als wahrscheinlich dem Epos entnommene sich absondern lassen von denen, die entweder andern Gattungen der Poesie oder localen Einflüssen oder aber überhaupt der allgemeinen Freiheit der Kunst, die nicht sclavisch illustrirt, sondern sich ihren eignen Gesetzen gemäss in einer gewissen Selbständigkeit neben der Poesie entwickelt[6]), zuzuschreiben sind. Auch hier gilt es, vorläufig das, was von Andern, theils von Welcker in einer Reihe feiner und eindringender Bemerkungen, theils in grösserem

---

in den Vasenbildern Tausende von Zeugnissen erhalten sind, welche uns in ununterbrochener Folge durch drei bis vier Jahrhunderte die Anschauung gewähren, wie Sage und Sitte. im Geist und im Leben des Volks fortwährend neu geboren, auch in der Kunst immer neue Gestalt gewannen." Vgl. Anmerk. 1 zu p. 3.

[1]) Welcker. A. D. V. 223. Overbeck, l. c. Einl. p. XI.

[2]) Welcker, A. D. III. 415; V, 373. 406. Jahn, l. c. p. CXLIV, CCXV. Popul. Aufs. p. 331.

[3]) Jahn, l. c. Einl. p. CLIII, CLXVIII. Ep. Cycl. II, 64.

[4]) Jahn, l. c. CXLII ff., CLXVII. Brunn, Gesch. d. griech. Künstler II, 641.

[5]) Welcker, A. D. III, 179. IV, 223, 228. Jahn, l. c. CLXXXIV, CXC. Brunn, Künstlergesch. II, 37. Probleme z. Gesch. d. Vasenm. p. 48 (132).

[6]) Welcker, A. D. V. 216, 217, 479. Jahn, l. c. CCXV, CCXXXII. Overbeck, l. c. Einleitung p. XVII.

Zusammenhange von Otto Jahn[1]) in seiner Einleitung zum Münchener Vasenkatalog und von Overbeck in der Einleitung zu seiner Heroengallerie ausgesprochen, in bündigster Kürze zusammenzufassen. Erst am Ende aller hierhergehörigen Untersuchungen wird es sich herausstellen können, ob und wie die bis jetzt geltenden Grundsätze zu modificiren seien, ob und was hinzugesetzt oder davon genommen werden müsse.

Im Gegensatz zu den schwerer zu begründenden Bildwerken mit lyrischer Basis, die man innerhalb jener Beschränkung, welche der untergeordneteren Kunst der Vasenmalerei im Vergleich zu den Werken ersten Ranges aus den Händen der grossen Meister geboten ist, vorzugsweise an der Darstellung des inneren Lebens, der erregteren Stimmung[2]) und einer gewissen tendenziösen Behandlung erkennt[3]); im Gegensatz ferner zu den leichter zu begründenden Werken mit dramatischer und vorzugsweise tragischer Basis, für deren Hauptkennzeichen die Concentrirung aller zu einer entscheidenden Katastrophe hindrängenden ethischen und pathetischen Motive zu nehmen ist[4]): gelten für die auf epischer Grundlage componirten Bildwerke die folgenden, von Otto Jahn mehrfach und besonders überzeugend an der berühmten François-Vase erörterten Merkmale[5]):

Erstens ein breiter, ausführlicher, gleichsam erzählender Vortrag, der gerne wie das Epos bei der gründlichen Ausmalung alles Details verweilt, die Nebeneinanderstellung liebt, die Momente der Darstellung nach einander entwickelt und die künstlerischen Verschlingungen meidet;

zweitens eine schlichte, nur auf die Sache selbst gerichtete, aller Absicht auf besondere Nebenwirkungen ferne stehende Darstellungsweise, die sich im Gegensatz zu der prächtigeren lyrischen und dem grösseren Pathos der tragischen auf den einfachsten Ausdruck der dem Kreise des Heroenlebens entnommenen wesentlichen Thatsache beschränkt;

drittens Sorgfalt und Treue in der Ausführung, eine bestimmte gesetzmässige Sitte in den äusserlichen Dingen der Darstellung, ein Vorherrschen des Typischen, Formelhaften, Statarischen, vor dem das Individuelle zurücktritt, ohne dass von einem Mangel an Leben und Empfindung in dem Ganzen die Rede sein dürfte;

und viertens endlich eine Richtung auf das Kräftige und Tüchtige; keine Spur eines sinnlichen Reizes, reiche Bekleidung der Frauen, Bärtigkeit der Männer, überall Unterordnung unter die dargestellte Handlung oder Begebenheit, Züchtigkeit und Anspruchslosigkeit in jeder Erscheinung.

Diese mehr an dem Aeusseren der Darstellung haftenden und besonders den älteren Vasenclassen angehörenden Eigenschaften entstammen ohne Zweifel den Einwirkungen des alten Epos auf die Kunst, sie sind dem Geiste desselben verwandt und adaequat. Finden sich nun ferner — und dies ist das fünfte und eigentliche Hauptkriterium — in Bildern dieser Art zu gleicher Zeit solche Züge — einer oder mehrere — welche auf einen weiteren Zusammenhang und auf eine planmässige, theils voraufgehende, theils nachfolgende nach der Weise des Epos geartete losere[6])

---

[1]) In seinen populären Aufsätzen p. 331 nennt Jahn es einen Genuss, der allmählichen Umbildung der Sage durch epische, lyrische und dramatische Poesie in den Compositionen der Vasenbilder nachzugehen.

[2]) Jahn, l. c. CCIII ff.

[3]) Overbeck, l. c. XII, XXI ff.

[4]) Jahn, l. c. CCXV, CCXXV ff., CCXXXII. Overbeck, l. c. XIII. Schlie, Darstellungen des troischen Sagenkreises auf etr. Aschenk. p. 21—23, 46—60, 80—84, 138—148. 168 ff. Vgl. Brunn, Bellevi d. u. etr. p. 5 ff., 30 ff., 43. 80 ff. 103. Vgl. Gött. gel. Anz. 1871, p. 411 ff. Verhandlungen der Leipz. Philol.-Vers. 1872. p. 161—174.

[5]) Jahn, l. c. CLII. CLVI. CLXI. CLXII, CLXVII. CCXIV, CCXV, CCXXV. Overbeck, l. c. IX ff. Welcker, A. D. V, 444.

[6]) Ich verweise hiebei auf jenen Gegensatz einer Episoden-Entwicklung, wie sie sich aus der Darstellung eines auf dramatischer Grundlage componirten, in der Regel die Katastrophe darstellenden Bildes ergiebt, das gewöhnlich schon unmittelbar aus sich selber und ohne dass ein specielleres Zuthun einer bestimmteren Poesie absolut nothwendig wäre, alle voraufgehenden und nachfolgenden Episoden, wenigstens der Hauptsache nach, errathen lässt (Verhandl. der

Entwicklung eines poetischen Ganzen hinweisen, wie es in der Ueberlieferung des einen und andern Epos heute noch unversehrt oder stückweise vorliegt: so dürfen wir in dem Gedanken an die die ganze antike Kunst durchdringende Kraft der alten Poesie nicht anstehen, jene Bilder und die in ihnen gefundenen Züge als durch das Epos präformirte hinzunehmen, zumal dann, wenn die bekanntlich nicht seltene Wiederholung solcher Darstellungen in grossen und glänzenden Denkmäler-Gruppen auf eine wie das Epos weit und breit bekannte gemeinsame Quelle hinführt. Nach dieser Richtung hin müssen besonders die beiden grossen Aufsätze Welckers über die beiden Bildercyclen, welche das Urtheil des Paris und den Untergang des Troilos darstellen, als wirkliche Muster einer feinsinnigen, eindringlichen und umsichtigen Unteruchung hingestellt werden: A. D. V. (1864) p. 366—480.

Zwar wird es in Folge der mangelhaften Ueberlieferung der altgriechischen Epopöen nicht möglich sein, jeden einzelnen Zug eines solchen Bildwerks mit absoluter Bestimmtheit auf seine Quelle zurückzuführen, und Overbeck l. c. IX. dürfte demjenigen gegenüber, der dies versuchen wollte, mit der Behauptung Recht haben, dass die Resultate solcher Forschungen in einer bedeutenden Reihe von Fällen unsicher und selten unbestritten oder unbestreitbar bleiben würden. Allein so weit geht selbstverständlich auch durchaus nicht die Absicht der folgenden Untersuchung. Vielmehr kommt es vornehmlich darauf an, da, wo die literarische Tradition von dem Inhalt der alten Epen noch vorhanden ist, das Verhältniss der einschlägigen Bildwerke nach allen Richtungen hin auf ihre Uebereinstimmung oder Nicht-Uebereinstimmung damit zu prüfen, und da, wo jene Tradition verschwunden ist, den Versuch zu machen, ob sich aus den zum Theil in diese Lücken hineingehörenden Bildwerken der poetische Kern des verlorenen Inhalts im Ganzen erfassen lasse oder nicht. Es ist ein allgemein anerkannter und nicht zu bestreitender Satz, dass die bildende Kunst der Griechen nicht einzelne gegebene poetische Scenen sclavisch illustrire, sondern vielmehr es im Allgemeinen mit einer möglichst zusammenfassenden Reproduction des ganzen inneren Gehalts der alten Mythen und Poesien zu thun habe. Deshalb aber dürfen wir auch erwarten, in den den alten Epopöen der Zeit nach am nächsten stehenden Kunstwerken allerlei eben diesen älteren Gedichten entlehnten Zügen zu begegnen, für die verlorenen Partien derselben hie und da ein neues Licht zu gewinnen und somit unsere Vorstellungen davon, wenngleich nicht überall in der bestimmtesten Weise, so doch im Ganzen und in weiteren Umrissen, zu vermehren und zu erhöhen[1]). Dieses Unbestimmte ist es nun freilich, woran Männer wie Bernhardy l. c. p. 204 Anstoss genommen haben; und man wird Letzterem unbedingt zugeben müssen, dass es an einem ganz sicheren Kriterium fehle, wodurch sich der epische Bestand der Sage von subjectiven Phantasmen scheiden lasse. Allein dieser Umstand kann an der festen Ueberzeugung, dass nun einmal in den hierhergehörigen Kunstwerken ein grosses Stück von den Ideen und Motiven des alten Epos stecke, nichts ändern. Hieraus aber ergiebt sich dann, abgesehen von der hohen Annehmlichkeit, diese eigenthümlich schöne Welt mit den Augen und dem Geiste zu durchwandern, die Berechtigung, alles was in ihr

---

Leipz. Philologen-Vers. 1871, p. 169 ff.). Diese letztere Eigenschaft wird den auf epischer Grundlage componirten Bildern nicht anhaften. Denn die einzelnen Momente dieser Art von Darstellungen brauchen nicht so unmittelbar mit einander zusammenzuhängen, sondern können und werden meist immer in einem ausserhalb der bildlichen Darstellung, von letzterer oft weit abliegenden Entwicklungspunkte des Ganzen ihr gemeinschaftliches Ziel und ihren Zusammenhang finden. Deshalb aber wird auch in der Regel nur das Heranziehen einer bestimmten Poesie das nöthige Licht über solche Bildwerke verbreiten. Archäologische Leser erinnere ich schon an dieser Stelle an die von Brunn erklärte Vase von Kertsch (Sitzungsber. d. k. bair. Ak. d. W. 1868, I, 2. 52 ff.), wo der Zusammenhang der oberen und unteren Scene erst durch die Heranziehung der Kyprien völlig klar wird, so wie an die François-Vase, wo das Verhältniss der beiden Hauptbilder zu einander (Hochzeitszug und Troilos) ebenfalls erst an der Hand desselben Gedichts vor die Augen tritt.

[1]) Welcker, A. D. V, p. 216.

von epischem Character ist oder sein kann, zu prüfen und vor den darauf gegründeten Vermuthungen nicht zurückzuschrecken. Welcker selbst hatte, nach mehreren Angaben in seinen Werken zu schliessen, die Absicht, eine solche den ganzen epischen Cyclus umfassende Untersuchung vorzunehmen, allein er ist nicht dazu gekommen [1]. Bei Overbecks Heroengallerie aber, in der bekanntlich eine Anordnung der Monumente nach der Reihenfolge des epischen Cyclus stattgefunden hat, lag eine in dem eben angedeuteten Sinne durchzuführende Arbeit von vorneherein nicht im Plan [2].

(Die Kyprien.) Wenn wir nicht die grosse Menge von Kunstdenkmälern hätten, deren Overbeck in seiner Heroengallerie am Ende des Jahres 1853 für die Kyprien bereits gegen vierhundert aus allen Gattungen aufzählt, so könnte schon die ansehnliche Zahl von Tragödien [3], die demselben Sagenstoffe entnommen sind, geeignet sein, unsere Aufmerksamkeit besonders auf dieses Gedicht zu lenken, das nach einer von Aelian V ff., IX, 15 aufbewahrten Pindarischen Ueberlieferung [4] der alte Homer seiner Tochter bei ihrer Vermählung mit dem Stasinos von Cypern als Brautgabe mitgegeben hatte: ganz ähnlich wie einst nach einer anderen Sage Homer, während seines Wanderlebens auf der Insel Jos gastlich bei Kreophylos aufgenommen, diesem das Gedicht von Oechalias Einnahme schenkte, als dessen Werk sie nun umgeht [5]. Doch den kühnen Gedankenflug zügelnd und beschränkend tritt uns gerade über die Kyprien ein Urtheil des Aristoteles in seiner Poetik entgegen, das mit dazu beigetragen zu haben scheint, u. a. auch Fr. A. Wolf zu verkehrten Ansichten über die Kyprien sowohl wie überhaupt über die Gedichte des epischen Cyclus zu verleiten [6].

Nachdem Aristoteles im 23. Capitel seiner Poetik den Homer darüber belobt hat, dass er, ohne den ganzen Krieg in seiner Ilias zu beschreiben, doch jener künstlerischen Forderung eines organischen Ganzen [7] insofern nachgekommen sei, als er sich nicht mit der blossen Einheit von Zeit und Person begnügt, sondern auch eine einheitliche, in sich geschlossene Handlung mit Anfang, Mitte und Ende herausgehoben und diese unbeschadet ihrer Uebersichtlichkeit und Kürze durch geschickte Einschaltungen (Episodien) so gestaltet habe, dass — dies liegt in den Worten des Aristoteles — gleichwohl ein hinreichendes Bild von dem ganzen Kriege in der Seele des Hörers und Lesers entstehe, fährt er folgendermassen fort (ed. Ueberweg 1870) [8]:

---

[1] Ep. Cycl. II, Vorrede p. VI. u. VII. A. D. I, Vorrede p. VI. A. D. V, 216. 224 Anmerk. 1. 366 Anm. 1. 377 ff., 478 ff.

[2] Heroengallerie, Einleitung zur Aethiopis p. 492.

[3] Vgl. die Uebersicht darüber in Welckers Tragg. p. 873. Ep. Cycl. II, 156.

[4] Bernhardy l. c. II, 207 ff. Nitzsch l. c. p. 230, Note 125. Welcker, ep. Cycl. I, p. 280, Anmkg. 484. Boeckh Fragm. Pind. n. 189 p. 654.

[5] Ep. Cycl. I, 211, 2··   Nitzsch, Beitr. z. ep. Poesie p. 214.

[6] Bernhardy l. c. ·   ·elcker, Ep. Cycl. II, p. 81.

[7] Cf. Poet. Cap. 8 u. 17.

[8] Welcker, ep. Cycl. II, 68—74. Bernhardy, gr. Litt. II, 41 ff. 204. Nitzsch, Beiträge z. ep. P. 221—225. Ueberweg, Noten zu seiner Uebersetzung 109—111.

Οἱ δ' ἄλλοι περὶ ἕνα [1]) ποιοῦσι, καὶ περὶ ἕνα χρόνον, καὶ μίαν πρᾶξιν πολυμερῆ, οἷον ὁ τὰ Κύπρια ποιήσας καὶ ὁ τὴν μικρὰν Ἰλιάδα. τοιγαροῦν ἐκ μὲν Ἰλιάδος καὶ Ὀδυσσείας μία τραγῳδία ποιεῖται ἑκατέρας ἢ δύο μόναι [2]), ἐκ δὲ Κυπρίων πολλαί, καὶ ἐκ τῆς μικρᾶς Ἰλιάδος πλέον ὀκτώ, οἷον ὅπλων κρίσις, Φιλοκτήτης, Νεοπτόλεμος, Εὐρύπυλος, πτωχεία, Λάκαιναι, Ἰλίου πέρσις, καὶ ἀπόπλους, καὶ Σίνων καὶ Τρῳάδες.

Wie in der Kleinen Ilias, so war also auch in den Kyprien nach der Meinung des Aristoteles der Mangel einer einheitlichen, in sich geschlossenen Handlung fühlbar; und die Vieltheiligkeit der Handlung in beiden Gedichten galt ihm als Ursache, warum sie im Gegensatz zur Ilias und Odyssee eine so ergiebige Fundgrube für die Tragödiendichter abgaben. Die Kyprien und die Kleine Ilias „waren, das ist auch uns einleuchtend, leicht so geartet, dass die einzelnen Theile mit ihren mehreren Hauptpersonen das Interesse zu sehr individualisirten und spalteten" (Nitzsch l. c. 223). Bezüglich der Kyprien sieht Nitzsch wohl mit Recht den Grund hiervon darin, dass diese im Gegensatz zu den andern Epopöen ab ovo begannen und dass das eintretende Motiv derselben nicht ein aus der Sage genommenes, sondern ein mittels einer eigenthümlichen Reflexion weithergeholtes, in eigner Weise überirdisches war: ein an das fatalistische Διὸς δ' ἐτελείετο βουλή der Ilias I, 5 angeknüpfter vorsorgender Weltgedanke des Zeus. Um nämlich die Erde von der Ueberlast der Menschen zu erleichtern, beschliessen Zeus und Themis in einer Berathung zu Anfang des Gedichts den troischen Krieg. Und zu diesem Zwecke führt der Dichter die Geburt des grössten griechischen Helden, des Achilles, und der schönsten griechischen Frau, der Helena, herbei, deren Raub die Ursache zu dem Kriege werden soll. „Wir erkennen leicht, der überlieferte Umstand, dass eben die kyprische Göttin an der Entstehung dieses so langwierigen und verderblichen Kriegs einen solchen Theil gehabt, er hatte den kyprischen Dichter auf diesen seinen Stoff geführt und damit auf den Anfangstheil dieser umfassenden Sage. Indem er aber damit das Ganze des Kriegs ins Auge fasste, da der Ursprung eben Ursprung des Ganzen ist, sah er das aus diesem Ursprung Erfolgte in Sage und Dichtungen zu einer so grossen und motivenreichen Fülle angewachsen, dass an eine Durchführung der Ursache in populärem Sinne nicht zu denken war. Das populäre Motiv, die Kränkung des Gastrechts und damit der Atreiden in seiner eigenen Folge, dem Untergange Troja's, darzustellen, war unmöglich. Und wohl mag Aristoteles bei seiner Belobung der Auswahl des Homer, dass er nicht den ganzen Krieg gedichtet, sondern nur einen ausgehobenen Theil, an den Missgriff des Stasinos gedacht haben." (Nitzsch l. c. p. 228.)

Dieser Tadel [3]) schliesst nun aber nicht aus, dass nicht vieles von dem, was überhaupt von einem guten Epos verlangt wird, auch an den Kyprien zu loben gewesen sein dürfte.. Und zwar

---

[1]) In den Kyprien ist Alexandros der eine, in der Kleinen Ilias Odysseus. Ep. Cycl. II, p. 71.

[2]) Ueberweg. Uebersetzung von Aristot. Poet. Note 111: „Den ganzen Erzählungsinhalt der Ilias zu Einer Tragödie zu verarbeiten, hat Aristoteles im 18. Capitel für etwas Absurdes erklärt; er kann also hier nur meinen, dass aus der Haupthandlung der Ilias, mit Weglassung der Episoden, sich Eine Tragödie bilden lasse oder etwa zwei, und ebenso aus der der Odyssee. Diejenigen Epen dagegen, die eine „vieltheilige Handlung" als solche zu ihrem Object machen und nicht Einer Haupthandlung alles Uebrige bloss episodisch einfügen, lassen sich in viele Theile zerlegen, welche einzeln den Stoff zu einer Tragödie ergeben, wie die Kleine Ilias mindestens zu acht, und falls solches mitgerechnet wird, was in ihr vielleicht nur flüchtiger berührt war, zu noch mehr als acht Tragödien Stoff liefert." Vgl. die Uebersichten bei Welcker, Griech. Tragg. II, 873 ff., III 881 ff., 1332 ff., III, 1485 ff.

[3]) Einen weiteren Tadel, der aber nicht die Kyprien im Besonderen, vielmehr alle übrigen Epen ausser den homerischen insgesammt treffen soll, spricht Aristoteles im 24. Capitel aus (ed. Ueberweg):

Ὅμηρος δὲ ἄλλα τε πολλὰ ἄξιος ἐπαινεῖσθαι, καὶ δὴ καὶ ὅτι μόνος τῶν ποιητῶν οὐκ ἀγνοεῖ ὃ δεῖ ποιεῖν αὐτόν. αὐτὸν γὰρ δεῖ τὸν ποιητὴν ἐλάχιστα λέγειν· οὐ γάρ ἐστι κατὰ ταῦτα μιμητής. οἱ μὲν οὖν ἄλλοι αὐτοὶ μὲν δι' ὅλου ἀγωνίζονται, μιμοῦνται δὲ ὀλίγα καὶ ὀλιγάκις· ὁ δὲ ὀλίγα φροιμιασάμενος εὐθὺς εἰσάγει ἄνδρα ἢ γυναῖκα ἢ ἄλλο τι εἶδος, καὶ οὐδέν' ἀῆθη, ἀλλ' ἔχοντα ἤθη.

liegt hier, nach den Bruchstücken sowohl wie nach der Art ihres grossen Einflusses auf die spätere Kunst und Poesie zu schliessen[1]), die Annahme am nächsten, dass der hervortretende episodische Charakter derselben trotz des für die Zusammenfassung des Ganzen darin liegenden Fehlers doch wieder mit jener Annehmlichkeit müsse verbunden gewesen sein, die nach Aristoteles gerade auch im Epos durch die Aufeinanderfolge ungleichartiger Abschnitte entsteht, Cap. 24 (ed. Ueberweg): ἔχει δὲ πρὸς τὸ ἐπεκτείνεσθαι τὸ μέγεθος πολύ τι ἡ ἐποποιία ἴδιον διὰ τὸ ἐν μὲν τῇ τραγῳδίᾳ μὴ ἐνδέχεσθαι ἅμα πραττόμενα πολλὰ μέρη μιμεῖσθαι, ἀλλὰ τὸ ἐπὶ τῆς σκηνῆς καὶ τῶν ὑποκριτῶν, μέρος μόνον· ἐν δὲ τῇ ἐποποιίᾳ, διὰ τὸ διήγησιν εἶναι, ἔστι πολλὰ μέρη ἅμα ποιεῖν περαινόμενα, ὑφ᾽ ὧν οἰκείων ὄντων αὔξεται ὁ τοῦ ποιήματος ὄγκος. ὥστε τοῦτ᾽ ἔχει τὸ ἀγαθὸν εἰς μεγαλοπρέπειαν καὶ τὸ μεταβάλλειν τὸν ἀκούοντα καὶ ἐπεισοδιοῦν ἀνομοίοις ἐπεισοδίοις· τὸ γὰρ ὅμοιον ταχὺ πληροῦν ἐκπίπτειν ποιεῖ τὰς τραγῳδίας[2]).

Jedoch ist, wie wir noch einmal nach den Ausführungen des Aristoteles hervorheben, als Unterschied zwischen den Kyprien und den beiden homerischen Gedichten immer dies festzuhalten, dass, während in letzteren alle einzelnen Episodien um eine einheitliche und in sich geschlossene Handlung concentrirt worden waren, in den Kyprien ein solches Band leider fehlte. Wie wenig Ursachen wir aber haben, deshalb den Kyprien auch sogleich allen Werth abzusprechen, das beweist neben Anderem schon die blosse Vergleichung mit dem Homer[3]) und, fügen wir hinzu, der Umstand, dass Aristoteles bei dieser Vergleichung zu ihren Ungunsten nur jene feinere Distinction in der Anlage und Oekonomie des Ganzen anführt. Darum lässt sich annehmen — und auch schon der „weiche malerische Ton"[4]) der beiden Bruchstücke bei Athenaeus XV, p. 682 e u. VIII, p. 334 c legt diese Vermuthung nahe —, dass dieses Gedicht im Einzelnen durch viele Schönheiten ausgezeichnet gewesen sein könne und müsse. „Auf den gewöhnlichen Zuhörer übte nicht bloss die auch uns noch in den Ueberresten erkennbare, lebensvolle Darstellung, sondern gerade auch der Sagenreichthum so viel Reiz aus, dass das Wohlgefallen uns begreiflich wird, das die Kyprien scheinen genossen zu haben." (Nitzsch, l. c. p. 230; cf. p. 185.)

Nach allen diesen Erwägungen liegt nun aber auch die Schlussfolgerung sehr nahe, dass der grosse Einfluss, den das Gedicht, wie der sehr bedeutenden Zahl einschlägiger Kunstwerke zu entnehmen ist, auch auf die Phantasie der bildenden Künstler geübt hat, einerseits in der Vieltheiligkeit der Handlung, andererseits aber auch gewiss in dem durch das Ganze waltenden, den ethischen Zusammenhang der Sage betonenden Geist seinen Grund und seine letzte Quelle gehabt haben müsse[5]).

Bezüglich aller übrigen, für unsere specielle Frage nicht weiter in Betracht kommenden litterärgeschichtlichen Gesichtspunkte bei der Beurtheilung der Kyprien verweise ich auf die untenstehende Note[6]). Man sieht leicht ein, dass es für die vorliegende Aufgabe nur darauf ankommt

---

[1]) Welcker, A. D. IV, 184, V, 224.

[2]) Bernhardy, l. c. p. 41. 42. Welcker, ep. Cycl. II, 73.

[3]) Ep. Cycl. II, p. 70.

[4]) Bernhardy l. c. 209.

[5]) Overbeck, Heroeng. p. 170.

[6]) a. Die Kyprien vielfach, bis in die spätesten Zeiten (Mnaseas und Plinius) dem Homer zugeschrieben. W. (Welcker ep. Cycl.) I, 19. 279. 280, Anmkg. 484. 287. 290. 442, n. 74. — II, 465. — N. (Nitzsch, Beitr. z. ep. P.), 214.

    b. Homer wegen der Kyprien für einen Salaminier (Paus. X, 24, 3) ausgegeben. W. I, 173. 283; seine Statue in Salamis auf Cypern. W. I. 360. Anthol. graeca VII, 5.

    c. Herodot II, 117 zweifelt daran, dass die Kyprien dem Homer angehören. W. I, 280. II, 474.

dem schriftlich überlieferten Inhalt des Gedichts das, was die zahlreichen Denkmäler bieten, gegenüberzustellen, und theils mittels summarischer Zusammenfassung ganzer Gruppen unter ihnen, theils mittels Hervorhebung einzelner zu zeigen, an welcher Stelle, auf welche Weise und aus welchen Gründen der Inhalt der letzteren als eine Ergänzung der lückenhaften Tradition angesehen werden dürfe. Dass es auch für diesen Punkt nur gilt, das zusammenzutragen, was vereinzelt bereits von andern, besonders von Welcker, ausgesprochen worden, wird die Ausführung im Folgenden darthun.

I. Der Rath der Themis.

Den Anfang des Gedichts lernen wir aus den Scholien zur Ilias I, 5 kennen (Welcker, ep. Cycl. II, 508):

> Ἦν ὅτε μυρία φῦλα κατὰ χθόνα πλαζόμεν᾽ ἀ[νδρῶν
> ἐκπάγλως ἐπίεζε] βαρυστέρνου πλάτος αἴης.
> Ζεὺς δὲ ἰδὼν ἐλέησε καὶ ἐν πυκιναῖς πραπίδεσσιν
> σύνθετο κουφίσαι ἀνθρώπων παμβώτορα γαῖαν
> ῥιπίσσας πολέμου μεγάλην ἔριν Ἰλιακοῖο,
> ὄφρα κενώσειεν θανάτῳ βάρος· οἱ δ᾽ ἐνὶ Τροίῃ
> ἥρωες κτείνοντο, Διὸς δ᾽ ἐτελείετο βουλή [1]).

d. Aristoteles Poet. 23 unterscheidet sie bestimmt vom Homer. W. I, 280.

e. Stasinos und Hegesinos als Verfasser der Kyprien genannt. W. I, 23, Anmkg 27. 287. N. 213. B. (Bernhardy Litt. II, 1, zweite Bearbeitung 1856) II, 208.

f. Stasinos Schwiegersohn des Homer genannt. W. I, 281, Anmkg. 484. B. II, 208 ff. N. 229.

g. Alter des Stasinos und der andern sog. kyklischen Dichter. W. II, 51. 52 Anmkg. 64. N. 229. 230.

h. Verhältnissmässig späte Abfassung der Kyprien. W. II, 19. 459. N. 229. 230.

i. Ueber die Ueberschrift des Gedichts B. 208.

k. Die Kyprien in Salamis auf Cypern an den Aphrodisien vorgetragen (?). W. I, 173; auch an andern Orten. N. 213.

l. Vermuthetes Proömion der Kyprien. W. I, 282.

m. Anlehnung der Kyprien an die Ilias. W. I, 416. II, 19. 149. 161. 264. N. 202. 212. 230 (Stasinos „macht seine Epopöe zur reicheren Auslegerin aller in der Ilias berührten Umstände und Personen, welche die Anfangszeit des Kriegs bilden“. B. 209 („Paralipomena der Ilias“). Stasinos abhängig von Homer. W. II. 153.

n. Die erste Epoche des troischen Kriegs nach den Andeutungen Homers. N. 202 ff. Abweichungen davon in den Kyprien. W. I, 281 ff. Vergleichung mit Homer. II, 112—127. 150.

o. Veränderungen durch die Volkssage in den Kyprien. W. II, 4. 127. 136 ff. N. 185, Anmkg. 74.

p. Eigne Erfindungen des Dichters. W. I, 15. II. 112 ff. N. 202. Reflexion. W. II, 159. N. 202. 227. B. 209. Lehrs, pop. Auff. p. 15.

q. Eintheilung in eilf Bücher. W. II, 158 (fünf Gruppen). B. 208.

r. Aphrodite die Seele des Gedichts. W. I, 282. II, 154. Helena in den Kyprien W. II, 87. 93. 105. N. 227. Alexandros. W. II, 71.

s. Ideen über die Einheit des Gedichts bei Welcker II, 152 ff.

t. Weissagungen W. II, 91, 159.

u. Spätere Erzählungen, die nicht aus den Kyprien stammen, W. II, 163 ff.

[1]) Schol. Iliad. 1, 5: Φασὶ γὰρ τὴν γῆν βαρουμένην ὑπ᾽ ἀνθρώπων πολυπληθείας, μηδεμιᾶς ἀνθρώπων οὔσης εὐσεβείας, αἰτῆσαι τὸν Δία κουφισθῆναι τοῦ ἄχθους· τὸν δὲ Δία πρῶτον μὲν εὐθὺς ποιῆσαι τὸν Θηβαϊκὸν πόλεμον, δι᾽ οὗ πολλοὺς πάνυ ἀπώλεσεν· ὕστερον δὲ πάλιν συμβούλῳ τῷ Μώμῳ χρησάμενος, ἣν Διὸς βουλὴν Ὅμηρός

Darauf beziehen sich die wenigen Worte aus der Chrestomathie des Proklos (Welcker l. c. p. 505): *Ζεὺς βουλεύεται μετὰ τῆς Θέμιδος*¹) *περὶ τοῦ τρωϊκοῦ πολέμου.* Der Anfang des Gedichts ist also eine Berathung des olympischen Allvaters mit der Göttin der Ordnung, des Rechts und der Gerechtigkeit, und den Anlass dazu giebt die Noth der schwer bedrückten Mutter-Erde. Was räth die Themis dem Zeus? Der weitere Inhalt des Gedichts lehrt es, wenngleich eine directe Ueberlieferung darüber nicht vorhanden ist. Sie muss ihm die Mittel dafür, wie und wodurch er die verderbenbringende grosse Eris in die belastete Welt schleudere, an die Hand gegeben haben. Zu diesem Zweck wird ihr Rath gewesen sein²), nicht nur die Meergöttin Thetis mit dem Thessalier-König, dem sterblichen Peleus zu vermählen³), damit aus dieser Ehe Achilleus hervorgehe und die Erde den Tapfersten der Hellenen kennen lerne, sondern auch — wie der Scholiast zu Iias I, 5, sowie das Fragment der Kyprien Athen. VIII, 434 c. an die Hand giebt und Welcker im höchsten Grade wahrscheinlich macht l. c. II, 87, 93 — selber eine Tochter zu erzeugen, durch deren Schönheit der Krieg entzündet werde⁴). „So stellte also das Epos den Achilleus und die Helena als Hauptpersonen gleich Anfangs heraus, die es gegen das Ende auch zusammenführt, und das ganze Gewebe des Gedichts gewinnt durch die Anknüpfung dieses Fadens an das Orakel der Themis als den Uranfang der Geschichte. Denn von Themis, mit welcher Zeus sich berathet, gehen die Anschläge aus und ihre Rathschläge gelten im Gedicht als Sprüche oder Keime der Schicksale. Zeus aber rathschlagt mit ihr, wie man vor jedem grossen Beginnen das Orakel hörte, was die Poesie sowie andere Bräuche in die Götterwelt überträgt." (Ep. Cycl. II p. 87.)

Aber nicht blos über die Erzeugung des Achilles und der Helena, sondern auch noch über andere damit zusammenhängende Dinge mögen Zeus und Themis gleich das erste Mal mit einander berathen haben. Ich meine hiemit vor allen jene erste verderbenbringende That der Eris, als sie, wie es dasselbe Gedicht gleich nachher erzählt, beim Hochzeitsmahle des Peleus und der Thetis den bekannten Streit der drei Göttinnen um die grössere Schönheit entzündete und so das Urtheil des Paris herbeiführte. Darauf weisen nämlich mehrere Umstände in älteren und jüngeren Kunstwerken hin: nicht bloss das Vorhandensein des Zeus allein⁵), und auch das des Zeus und der Eris zusammen⁶) auf Vasenbildern, welche das Schönheits-Urtheil darstellen, sondern vor allen

---

φησιν, [ἐπειδὴ] οἷός τε ἦν κεραυνοῖς ἢ κατακλυσμοῖς πάντας διαφθεῖραι. ὅπερ τοῦ Μώμου κωλύσαντος, ὑποθεμένου δὲ αὐτῷ τὴν Θέτιδος θνητογαμίαν καὶ θυγατέρος καλῆς γένναν, ἐξ ὧν ἀμφοτέρων πόλεμος Ἕλλησί τε καὶ βαρβάροις ἐγένετο, ἀφ' οὗ συνέβη κουφισθῆναι τὴν γῆν, πολλῶν ἀναιρεθέντων*)· ἡ δὲ ἱστορία παρὰ Στασίνῳ τῷ τὰ Κύπρια πεποιηκότι, εἰπόντι οὕτως. Ἦν ὅτε μυρία κτέ. . . . . Καὶ τὰ μὲν παρὰ τοῖς νεωτέροις ἱστορούμενα περὶ τῆς τοῦ Διὸς βουλῆς ἐστι τάδε.

¹) Alle vier Handschriften haben hier statt Θέμιδος den auch sonst öfter mit ihr verwechselten unmöglichen Namen Θέτιδος; Heyne stellte Θέμιδος her; cf. Henrichsen l. c. p. 20. 37 ff. Jahn, griech. Bilderchroniken 1873, p. 98.

²) Die jüngere Ueberlieferung setzt hier den Momos an die Stelle der Themis. Henrichsen, l. c. p. 36. Welcker, ep. Cycl. II, 86 ff.

³) In anderem Zusammenhange, aber gewiss nicht ohne Anklänge an das Epos ist dies der Rath der Themis auch bei Pind. Isthm. VII (VIII), 26 ff.. Apoll. Rhod. IV, 800. Bei Apollod. III, 13, 5 wird ausser der Themis nach einer andern Version auch Prometheus als derjenige genannt, der den Zeus abhielt, sich selber mit der Thetis zu vermählen. Ebenso bei Aesch. Prom. 909 ff. Hygin. Fab. LIV. Quintus Smyrn. V, 338. Schol. Jl. I, 519. Eudok. Viol. p. 226. Tzetzes Schol. Lykophr. 178. Henrichsen de carm. Cypr. p. 38. Boeckh, Expl. Pind. p. 545. Bei Ovid Met. XI, 255 ist Proteus der Weissagende. Ueber das Verhältniss der Stelle bei Pind. Isthm. VII (VIII) 26 ff. zum Epos, vgl. Welcker gr. Trag. I, 10. Ep Cycl. II, 87, Anmerk. 3. Overbeck, Heroeng. 173.

⁴) Welcker, ep. Cycl. II, 87, 93, 105, Nitzsch l. c. 227.

⁵) Welcker A. D. V, 366 ff. NN. 1—16, 45, cf. p. 405.

⁶) Karlsruher Vase, Overbeck, Heroengall. Taf. XI, 1.

*) Eine verdorbene Stelle, cf. Henrichsen de carm. Cypr. p. 34 d. Welcker, ep. Cycl. II, 85 ff.

Dingen die Zusammenstellung des Zeus, der Themis und Eris auf einem dasselbe Paris-Urtheil enthaltenden sehr schönen Vasenbilde aus Kertsch, das von Stephani zuerst veröffentlicht[1] und von Brunn später aufs Neue mit eingehender Berücksichtigung des alten Epos erörtert worden ist[2].

(Die nun folgende Aufführung ist aus Brunn's trefflicher Schrift wörtlich entlehnt; nur übergehen wir dabei die in den Text eingewobenen gegen Stephanis Deutung gemachten gerechten Einwürfe. Die Brunn'sche Interpretation wird es selber rechtfertigen, dass weder eine weitere Verkürzung noch eine Umschreibung an ihre Stelle gesetzt ist.)

„In der oberen Hälfte der Vase von Kertsch ist, was auf dem Karlsruher Bilde durch die Gestalten des Zeus und der Eris nur angedeutet ist, ausführlicher entwickelt. Zwischen zwei durch eine Anhöhe nach unten etwas verdeckten, ruhig stehenden Gespannen, von denen das eine rechts durch eine geflügelte, das andere links durch eine ungeflügelte Lenkerin gehalten wird, stehen im Gespräch vertieft (r.) Themis und (l.) Eris. Zeus selbst aber ist in ganzer Figur hinter der geflügelten Wagenlenkerin sichtbar.

„Themis, dem Zeus eng verbunden und mit ihm auf dem Olymp wohnend, hat sich des von Nike gelenkten Gespannes, das in erster Linie dem Zeus zu eigen ist, bedient, um auf den Schauplatz des Streits der Göttinnen zu eilen. Iris aber ist abgesandt worden, um die Eris zur Stelle zu schaffen. Beide begegnen sich jetzt auf der Höhe des Ida. So ist alles einfach, klar und streng künstlerisch geordnet. Was aber führt die beiden Göttinnen an diese Stelle?"

„Hören wir z. B. Euripides:

$$\text{ἦ μεγάλων ἀγέων ἆρ᾽ ὑπῆρξεν, ὅτ᾽}$$
$$\text{Ἰδαίαν ἐς νάπαν}$$
$$\text{ἦλθ᾽ ὁ Μαίας τε καὶ Διὸς τόκος,}$$
$$\text{τρίπωλον ἅρμα δαιμόνων}$$
$$\text{ἄγων τὸ καλλιζυγὲς,}$$
$$\text{ἔριδι στυγερῇ κεκορυθμένον εὐμορφίας}$$
$$\text{σταθμοὺς ἐπὶ βούτα. . . . .} \qquad \text{Androm. 274 ss.}$$

„Nicht darum handelt es sich in erster Linie, dass „die Ansprüche der drei mächtigsten Göttinnen geregelt werden sollen", dass Zeus „in Betreff der Schönheit der drei mächtigsten Göttinnen einen $\vartheta\varepsilon\sigma\mu\grave{o}\varsigma$ festsetzen lassen will", der von der Themis gewährleistet werden soll: von der troischen Sage losgelöst erscheint der Streit der Göttinnen als ein Weiberzank, durch welchen das mythologische Wesen dieser Göttinnen im Allgemeinen in keiner Weise afficirt wird. Nur für die troische Sage ist er ein tief eingreifendes Ereigniss, das den Keim der verhängnissvollsten Folgen in sich trägt. Bloss um einen vorübergehenden Streit der Göttinnen zu schlichten, wäre die Gegenwart der Themis wie der Eris mindestens ziemlich überflüssig. Gerechtfertigt wird sie nur durch den weiteren Zusammenhang des ganzen Mythus; und was Stephani nur beiläufig erwähnt, der Eingang der Kyprien, das ist durchaus in den Vordergrund zu ziehen. Zeus beräth, um die Erde von zu grosser Menschenlast zu erleichtern, mit der Themis über den troischen Krieg. Um ihre Beschlüsse ins Werk zu setzen, bedienen sie sich der Eris. Ihre erste That ist allerdings, dass sie Streit unter den Göttinnen erregt; aber damit ist ihr Wirken keineswegs erschöpft; sie ist ganz allgemein „die grosse Eris des troischen Krieges", die Zeus, wie Stasinos im Eingange seines Gedichts sich ausdrückt, auf die Erde schleudert: *ῥιπίσσας*

---

[1] Compte-rendu de la comm. arch. pour l'année 1861, p. 33, T. 3. — Cf. Stephani. Vasensammlung der kaiserl. Eremitage N. 1807.

[2] Troische Miscellen. Sitzungsber. d. k. bayr. Akad. d. W. 1868. I, 2. p. 52 ff.

πολέμου μεγάλην ἔριν πολέμοιο. Diese Eris ist es, welche der Künstler hier dargestellt hat. Wie die Lyssa bei Euripides Herc. fur. 843 ss., handelt sie nicht aus eignem freien Antriebe, sondern auf höheres Geheiss. Durch Iris herbeigeholt, vernimmt sie mit aufmerksamem Ohre aus dem Munde der Themis, was Zeus in Gemeinschaft mit dieser berathen und beschlossen hat. Indem aber der Künstler diese, äusserlich betrachtet, frühere Scene im Hintergrunde des Paris-Urtheils erscheinen lässt, stellt er dieses letztere nicht als einen einzelnen für sich bestehenden Act hin, sondern als das erste folgenschwere Ereigniss in der langen Kette derjenigen, durch welche Eris das vorgesteckte Ziel verfolgt, Διὸς δ' ἐτελείετο βουλή."

Wir haben diese Darstellung, obwohl sie nur einen Theil des Hauptbildes ausmacht und dieses erst in die dritte Monumentengruppe der Kyprien gehört, doch schon an d i e s e Stelle gesetzt, weil eben der obere Theil bis jetzt die einzige künstlerische Illustration der gemeinsamen Wirksamkeit des Zeus, der Themis und Eris in den Kyprien ist[1]). Wäre diese Illustration der βουλή jener drei Gottheiten für sich allein abgebildet worden, so hätte die Anziehung der Kyprien als Quelle immer noch etwelche Bedenken haben können; in ihrer Verbindung aber mit dem Schönheits-Urtheil gewinnen wir für die eine wie die andere Hälfte des Bildes jenes oben schon erwähnte Hauptkriterium, das in dem Hinweis auf einen planmässigen Zusammenhang mit weiteren Ereignissen und auf eine theils voraufgehende, theils nachfolgende, nach der Weise des Epos geartete losere Entwickelung[2]) eines künstlerischen Ganzen besteht, eines beziehungsweise poetischen Ganzen, wie es deutlich und bestimmt genug in der Ueberlieferung der Kyprien vorliegt. Hier den besonderen Zusammenhang zwischen Kunst und Poesie, wie ihn überhaupt in stetem und gleichmässigem Fortschritt nur das griechische Alterthum in der grossartigsten Weise kennt und besitzt, leugnen wollen: das wäre mehr als Eigensinn. Von jenen anderen hauptsächlich auf dem Aeusseren der Darstellungen beruhenden epischen Kennzeichen finden wir kaum etwas in unserem bereits der entwickeltsten Kunst angehörenden Bilde, es sei denn die eigenthümliche Darstellung der Eris, in welcher der Maler fast so etwas wie eine Charakteristik aus ihrer epischen Bedeutung und Wirksamkeit heraus versucht zu haben scheint. Die Gestalt hat etwas durchaus Fremdartiges. Brunn l. c. p. 59: „Alles ist knapp und glatt anliegend; auch das Haar von der Stirn zurück straff nach oben in einen Schopf aufgebunden; die Formen der Brust und der Hüften sogar ganz unweiblich; die Haltung, wenn auch nicht starr, doch fast unbewegt und ohne Anmuth, recht im Gegensatz zu der auf ihre Schulter sich lehnenden Themis; und während diese in lebhafter Rede sich an sie wendet, scheint sie zunächst nur eine passive Zuhörerin abzugeben. Aber der nicht frei nach aussen, sondern etwas von unten nach oben gerichtete lauernde Blick des etwas geneigten, nach der Seite gewendeten Hauptes deutet auf gespannteste Aufmerksamkeit, und wir verstehen wohl, dass der momentanen scheinbaren Ruhe die energische That folgen wird. Gerade diese Auffassung aber ist geeignet, uns darauf hinzuweisen, dass das Wirken der Göttin keineswegs auf den Streit der Göttinnen beschränkt ist, sondern dass derselbe nur die Einleitung bildet zu einer Reihe von Ereignissen, bei deren Ausführung von den Lenkern der Geschicke ihr vor vielen eine hervorragende Rolle zuertheilt werden sollte".

Diese Eigenthümlichkeiten in dem Aeusseren der Eris gewinnen natürlich erst im Zusammenhang mit dem Ganzen vor den Augen des aufmerksamen Beobachters eine gewisse Bedeutung; man sieht und ahnt aber an diesem Beispiel bereits die Möglichkeit, dass ein solcher Zusammenhang mit einer grösseren Entwickelung, der, wie wir noch an anderen Bildwerken sehen werden, immer die

---

[1]) Vergl. die Vertheidigung der das Schönheits-Urtheil erwähnenden Verse der Ilias XXIV, 29. 30 bei Welcker, ep. Cycl. II, 133 ff.

[2]) Vgl. p. 5, Anmerkg. 6.

Hauptsache [1]) für die Bestimmung einer epischen Quelle ist, auch in Aeusserlichkeiten auf mancherlei Art sich des Weiteren ausprägen lässt.

Bei einer so sehr in die Augen springenden Anlehnung des alten Malers an den überlieferten Inhalt der Kyprien scheint mir nun die Vermuthung gewagt werden zu dürfen, dass der ἀγὼν κάλλους der drei Göttinnen und der sich daraus ergebende Schiedsspruch des Paris, der alle für den Beginn des Krieges nöthigen Verwicklungen herbeiführte, auch schon wesentliche Bestandtheile jener Berathschlagung zwischen dem Zeus und der Themis gewesen seien. Dies um so mehr als auch die oben erwähnten übrigen Bilder mit dem Schönheitsurtheil, das eine im Zeus und der Eris, die andere in der Figur des Zeus allein, auf dieselbe Gedankenverbindung und zugleich auf eine gemeinsame Quelle hinweisen. Auch Welcker citirt bei der Besprechung dieser Zeus-Figuren, besonders der auf der Karlsruher Vase, die Anfangsverse der Kyprien und sagt A. D. V, 405: „Dies fatalistische Motiv, worauf der Dichter sein Werk begründete und es wie zur Vorhalle für die Ilias und alle sie fortsetzenden Gedichte weihte, wenn es auch später [2]) vielleicht weniger zusagte, konnte nicht vergessen sein; da das Gedicht rhapsodirt, gelesen und nachgeahmt wurde wie wenige andere. Auch spielt auf diesen Eingang Euripides (Orest. 1635—37. Hel. 36. Electr. 1288. Fr. inc. 100 p. 385 Matth. [3]) mehrmals an, und Herodot beurtheilt ihn“ (II, 120). Und weiter unten: „Wie sehr der Maler auf den tieferen Zusammenhang der Fabel eingegangen ist, wird aus der Eris klar, die er im Brustbild [4]) gerade über den Paris in der Mitte gestellt hat.“ Doch das bedeutungsvollste von allen ist das schöne Bild auf der Vase von Kertsch, wo die Themis durch ihre Gegenwart die βουλή des Zeus vervollständigt, und die obere Gruppe zu einer für sich besonders belebten Darstellung geworden ist. Diese Darstellung stützt mehr noch als die anderen die eben ausgesprochene Vermuthung, dass das folgenschwere Schönheits-Urtheil eine der Hauptsachen im Rathe des Zeus und der Themis gewesen sein müsse.

II. Peleus und Thetis.

Παραγενομένη δὲ Ἔρις εὐωχουμένων τῶν θεῶν ἐν τοῖς Πηλέως γάμοις νεῖκος περὶ κάλλους ἐνίστησιν Ἀθηνᾷ, Ἥρᾳ καὶ Ἀφροδίτῃ, αἳ πρὸς Ἀλέξανδρον ἐν Ἴδῃ κατὰ Διὸς προσταγὴν ὑφ' Ἑρμοῦ πρὸς τὴν κρίσιν ἄγονται· καὶ προκρίνει τὴν Ἀφροδίτην ἐπαρθεὶς τοῖς Ἑλένης γάμοις ὁ Ἀλέξανδρος.

Mit diesen Worten führen uns die Excerpte aus der Chrestomathie des Proklos von dem eben besprochenen Götterrath zunächst sofort zum Hochzeitsmahle des Peleus und der Thetis hinüber, erzählen aber nicht, dass diese Hochzeit, welche die Götter insgesammt mit ihrem Besuche und mit ihren Geschenken beehrten, im Epos selber beschrieben war. Nur aus dem Scholiasten zur Ilias XVI, 140 erhalten wir hierüber Gewissheit:

κατὰ γὰρ τὸν Πηλέως καὶ Θέτιδος γάμον οἱ θεοὶ συναχθέντες εἰς τὸ Πήλιον ἐπ' εὐωχίᾳ ἐκόμιζον Πηλεῖ δῶρα, Χείρων δὲ μελίαν εὐθαλῆ τεμὼν εἰς δόρυ παρέσχεν· φασὶ δὲ Ἀθηνᾶν μὲν

---

[1]) Vgl. Welcker's Bemerkungen über die Gegenbilder zum Urtheil des Paris A. D. V, 373. Auf die Gegenbilder der François-Vase ist oben schon aufmerksam gemacht, p. 5, Anmerkg. 6.

[2]) Welcker meint hier die späteren Bilder vom Paris-Urtheil, in denen die in erotischem Geiste gehaltene sinnliche Ausmalung des Ganzen die Hauptsache war.

[3]) Dindorf N. 1067. Strab. IV c. 183.

[4]) Weniger Brustbild. „Halb versteckt und unruhig, als fürchte sie entdeckt zu werden, lauscht sie hinter dem Berge.“ Brunn, l. c. p. 59.

ξῦσαι αὐτό, "Ηφαιστον δὲ κατασκευάσαι· τούτῳ δὲ τῷ δόρατι καὶ Πηλεὺς ἐν ταῖς μάχαις ἠρίστευσε καὶ μετὰ ταῦτα Ἀχιλλεύς· ἡ ἱστορία παρὰ τῷ τὰ Κύπρια ποιήσαντι[1]).

Diese beiden Ueberlieferungen über die Sage vom Peleus und der Thetis sind die einzigen, welche sich direct auf das alte Epos beziehen. Ihnen steht nun neben andern, grösstentheils jüngeren Andeutungen des Mythus bei Dichtern und Prosaikern[2]) eine überaus zahlreiche und glänzende Gruppe von Kunstdenkmälern, und zwar wie immer in erster Reihe eine grosse Menge von Vasenbildern gegenüber, deren Darstellungen, sowohl die älteren wie die jüngeren, manche Züge mit einander gemeinsam haben und eine ganze Entwickelung repräsentiren.

Overbeck theilt sie in drei Gruppen, von denen die erste die Verfolgung der Thetis durch Peleus, die zweite das Ringen der beiden mit einander, also den eigentlichen Liebeskampf, und die dritte die Hochzeit darstellt. Von diesen Gruppen ist aber die mittlere weitaus die grösste; und mit ihr fällt die erstere beinahe zu einer zusammen, da der eigentliche Unterschied, der in dem Moment der Handlung liegt, ein äusserst geringer ist. In der ersten Gruppe steht nämlich Peleus auf dem Punkte, die Göttin zu ergreifen, in der zweiten hat er sie bereits erreicht. Diese Unterscheidung jedoch ist für unsere Frage weniger wichtig als jene andere, welche sich, wie wir sehen werden, nach den durch das Alter und den Styl bedingten Elementen der Composition richtet. Um aber eine Vorstellung von dem in den Bildwerken uns entgegentretenden Reichthum an Ideen und Motiven zu gewinnen, wird es zweckmässig sein, zuerst eine zusammenfassende Uebersicht über alle einzelnen durch die Maler zur Darstellung gebrachten Momente des Mythus zu geben.

Eine bestimmtere Andeutung des Locals der Handlung ist auf den meisten Vasenbildern nicht vorhanden. Die Gegenwart des Nereus und der Nereiden aber (oder auch letzterer allein) bei dem Raube der Thetis, sowie die Hinzufügung von Korallenstöcken (N. 3, Taf. VIII, 5)[3]), von Hippokampen (N. 45, Taf. VII, 4), Delphinen und anderen Seethieren (N. 37, Taf. VII, 8[4]); N. 38, Taf. VIII, 1; Vase von Kameiros[5]) u. a. m.), lassen auf die Nähe des Meeres schliessen, ohne dass man aber veranlasst wäre, den Vorgang in die Tiefe desselben zu verlegen[6]). Die Sage erzählt, dass es der Sepiasstrand an der magnesischen Halbinsel war, an dem Peleus die Göttin überraschte und der dadurch später eine gewisse Heiligkeit erlangte[7]). Die Andeutung eines wirklichen Strandes findet sich, soviel mir bekannt, nur auf der schon citirten, 1862 zu Kameiros auf der Insel Rhodos gefundenen und von Newton publicirten polychromen Prachtvase des britischen Museums, die mit Goldschmuck versehen und deren Zeichnung von so hoher Eleganz und Schönheit ist, dass der Herausgeber an den Einfluss berühmter Meister denkt und sie in die Zeit zwischen 350 und 320 v. Chr. setzt. Ob aber der Maler bei dieser nur wenig in die Augen springenden Local-Andeutung wirklich an den Sepiasstrand gedacht habe, lässt sich natürlich nicht sagen, zumal diese Vase, welche nicht bloss unter den Darstellungen des Mythus vom Peleus und der Thetis, sondern überhaupt eine der interessanteren Bereicherungen des Vasenschatzes aus letzter Zeit ist, in der Veränderung der Scene zu einer Ueberraschung beim Bade bereits einen Zug enthält, der sich eben so

---

[1]) Vgl. Henrichsen, l. c. p. 48.

[2]) S. deren Zusammenstellung in Overbecks Heroengallerie p. 172 ff.

[3]) Wo in den Citaten die Nummerzahl ohne weitere Andeutung sich findet, ist jedesmal die Anordnung in Overbecks Heroengallerie gemeint.

[4]) Auf der Zeichnung bei Overbeck sind die Seethiere unterhalb des Bildes, drei Sepien, eine Muschel und ein unbestimmbares niederes Seethier, weggelassen. Sie stehen aber offenbar in eben solchem Zusammenhange mit dem Hauptbilde, wie z. B. die schönere Gruppe von Nereiden und Seethieren unter dem Bilde einer apulischen Amphora, Mon. d. Inst. VIIII, T. XXXVII, Ann. 1872, p. 108 ff. Heydemann, Neapl. Vasens. SA. 708. Vgl. Heydemann l. c. 3225.

[5]) Newton, the fine arts quart. rev. III, p. 1 ss. Jahn, Vasen mit Goldschmuck p. 17, B.

[6]) So z. B. Heydemann in s. griechischen Vasenbildern p. 6, c.

[7]) Herod. 7, 191. Preller, griech. Myth. II, p. 399. Welcker, Götterlehre I, 616 ff.

weit von der Simplicität der älteren Darstellungen wie von dem Geist und Wesen der älteren epischen Poesie entfernt. Eine andere Art von Localbezeichnung ist auf mehreren Bildwerken mittels eines Altars gegeben, den die Erklärer für eine Andeutung des Thetideions halten (NN. 26, 31, 34?, 41) [1]. Uebrigens lag dieses letztere der Lage nach nicht unmittelbar am Strande, sondern zwischen Pharsalus und der alten Stadt Phthia [2]); und ob die Maler mit der Hinzufügung eines Altars eine Andeutung des alten thessalischen Heiligthums beabsichtigten, steht noch dahin. Wo Götter und Göttinnen auf alten Kunstwerken dargestellt werden, da fehlt es auch in der Regel nicht an Altären, ohne dass diese deshalb schon immer in bestimmter Weise benannt werden könnten. Wahrscheinlicher ist daher, dass die Altäre auf den Bildern mit dem Raube der Thetis nur die Bedeutung eines Attributs haben, das der letzteren als Göttin zukommt. Ein wirkliches, in dorischem Styl gezeichnetes Thetideion mit einem Altar vor dem Eingange enthält die berühmte François-Vase in Florenz. Auf dieser aber ist es auch, wie wir sehen werden, an seinem Platze [3]).

Wichtiger aber als die eben erwähnten Andeutungen des Locals sind für unsern Zweck alle jene verschiedenen Personen, welche den Vorgang erweitern. Nur wenige Darstellungen giebt es, die den Peleus und die Thetis allein mit einander enthalten, wie jenes alte Reliefbild an der Kypselos-Lade [4]), so z. B. auf den NN. 1 und 2 (auf letzterer Vase enthält freilich die Rückseite auch den Nereus und zwei Nereiden), 6—8, 25—28; vgl. ferner Bull. d. Inst. 1851, p. 171; 1846, p. 99 u. a. m. — Am häufigsten begegnen uns neben dem Peleus und der Thetis die Schwestern der letzteren, die schönlockigen Nereiden, selten eine allein, meistentheils zwei (je eine zur Seite des ringenden Paars), auch vier (NN. 32—34), fünf (N. 31; Otto Jahn, Münch. Vas. N. 331, mit Inschriften), sieben (N. 44 mit Inschriften, und N. 45), und einmal sogar ihrer zehn (N. 36). Nicht selten wird ihre Zahl noch vermehrt durch andere Nereiden, die auf der Rückseite der Vase abgebildet sind und durch ihre Haltung und Bewegung eine Verbindung mit der Vorderseite und ihre Theilnahme an der auf dieser dargestellten Handlung verrathen (NN. 14, 30, 32, 33, 42, 46 u. a. m.). Schrecken, Angst und Rathlosigkeit spiegeln sich in ihren fluchtartigen Bewegungen, und man wird bei ihrem Anblick an das Bild von dem Habicht erinnert, der plötzlich unter die friedlichen Tauben gefahren, und diese nun wild und wirr durch einander jagt. Es ist, als ob der die Schwester raubende Peleus mit einem Male ganz unerwartet wie aus dem Hinterhalt unter die spielende Mädchenschaar getreten und sie durch seinen schnellen Angriff aufs Höchste entsetzt habe. In der Wendung ihrer Gesichter, in der Haltung ihrer Hände und Arme, kurzum in ihrem ganzen Gebahren

---

[1]) Auf N. 31 sieht man auf dem Altar eine Flamme brennen, cf. d. genauere Beschreibung in Jahn's Münchener Vasenkatalog N. 331. — Ebenso ein Altar mit Flamme auf N. 207 d. R. C. bei Heydemann, Katalog der Neapler Vasensammlungen.

[2]) Pind. Nem. IV, 50: Θέτις δὲ κρατεῖ Φθίᾳ. Eur. Andr. 16:
Φθίας δὲ τῆςδε καὶ πόλεως Φαρσαλίας
ξύγχορτα ναίω πεδί', ἵν' ἡ θαλασσία
Πηλεῖ ξυνῴκει χωρὶς ἀνθρώπων Θέτις
φεύγουσ' ὅμιλον· Θεσσαλὸς δέ νιν λεὼς
Θετίδειον αὐδᾷ θεᾶς χάριν νυμφευμάτων.
Welcker, gr. Götterl. I, p. 617 ff. Preller, gr. Myth. II, p. 399 n. 4.

[3]) Mon. d. Inst. IV, Taf. 54. 55. Ann. d. Inst. 1848 (Bd. XX.) p. 306 (Braun). Bull. d. Inst. 1863, p. 191 (Brunn). Krell, dor. Styl, p. 30.

[4]) Paus. XVIII, 5, 1 (5): πεποίηται δὲ καὶ Θέτις παρθένος, λαμβάνεται δὲ αὐτῆς Πηλεύς, καὶ ἀπὸ τῆς χειρὸς τῆς Θέτιδος ὄφις ἐπὶ τὸν Πηλέα ἐστὶν ὁρμῶν. Hiebei wird man zunächst an jenes alte, die Göttin in besonderer Grösse darstellende Terracotta-Relief aus Aegina erinnert; „vermuthlich waren hier wie auf den Vasenbildern durch ein an der Göttin in die Höhe strebendes Thier die Verwandlungen angedeutet, durch die sie sich dem Peleus zu entziehen sucht." Schoene, griech. Rel. T. 34, N. 133, p. 66. Ein gleiches aus Kameiros von der Insel Rhodos stammendes befindet sich nach Brunns Angabe im britt. Museum. Vgl. ferner Nouv. Ann. de l'Inst. Sect. franç. 1836, pl. A. 3.

giebt sich die äusserste Erregung kund. Einige stürzen in der Hast zu ihrem Vater Nereus, der auf mehreren Vasen mitten unter ihnen erscheint (s. w. u.), um ihm das Unerhörte zu melden, andere eilen nach rechts oder nach links, nicht wissend wohin, oder einander zurufend und den Vorfall beredend. In der That sind denn auch mehrere dieser Darstellungen von so grosser Lebhaftigkeit und Schönheit, dass das Auge gerne bei ihnen verweilt. Auch die Gewandungen der jugendlichen Meerestöchter sehen wir auf einigen Vasen, wie es in älteren Bildern überhaupt nicht selten ist, auf das Zierlichste und Schmuckreichste gemalt, so z. B. auf den NN. 15. 36. 38 und auf den Münchener Vasen NN. 331 und 486 bei Jahn l. c. Eine volle Gewandung, wie sie die grössere Keuschheit der früheren Kunst fordert, zeigen alle älteren Bilder, nicht bloss die des strengeren, sondern auch die des sogenannten schönen Styls: hievon entfernen sich aber bereits die in einem freieren Styl gemalten Bilder N. 3 (Taf. VIII, 5) und N. 37 (Taf. VII, 8), von denen das erstere einige der Nereiden theilweise entblösst, das andere dagegen mit durchsichtigen Gewändern bekleidet zeigt. Noch mehr aber, und zwar der ganzen Umwandlung der Scene in eine Ueberraschung beim Bade gemäss, äussert sich dieser Gegensatz gegen die ältere Weise auf dem schon citirten rhodischen Bilde, wo die Thetis selber und zwei der erschreckten Nereiden völlig nackt erscheinen; indessen sind die mit genialer Meisterhand hingeworfenen Linien dieser fast untadeligen Figuren noch frei von jener Lüsternheit, die uns auf den späteren unteritalischen Bildern und besonders in den römischen Kunstwerken so oft begegnet. Zum Theil sind die Nereiden (und auch Nereus), wie überhaupt nach der älteren Weise die Meergottheiten[1]), durch Delphine charakterisirt, die sie in den Händen halten [NN. 1, 31 (Jahn, Münch. Vas. 331). 32. 34. 45][2]), zum Theil aber auch mit Beischriften versehen, wie *ΠΟΝΤΜΕΔΑ* (*Ποντομίδα*), die Meergebietende (N. 15)[3]), *Κυμοθόη* oder *Κυματοθόη* (*KYMAΘOH* auf Nr. 44, *KYMAΡOΘAI* auf Nr. 31, was Jahn l. c. N. 331 als *Κυματοθέα* nimmt) die Wogenschnelle (NN. 31. 44), *Εἰρεσία*, die Ruderin, *Ἐρατώ*, die Liebliche, *Καλύκα*, die Rosenblüthe[4]), *XOPA*, die Tänzerin[5]) (diese letzten vier Namen sind auf N. 31, Jahn l. c. 331 zu finden), *Ψαμάθη*, die über den Meersand Springende[6]), *Κυμοδόκη*, die Wogen Empfangende (beide auf den NN. 38 und 44), *Μελίτη*, die Süsse (NN. 41. 44), *Σπειώ*, die Grotten Bewohnende, *Γλαύκη*, die strahlende „Braungard“,[7]) *Κυματολήγη*, die Wellen Fesselnde, und *Ναώ*, die Schwimmkundige[8]) (die letzten vier auf N. 44 bei Overbeck). Alle diese Namen finden sich, mit Ausnahme der *Ποντομίδα*, *Εἰρεσία*, *Χορώ*, *Ναώ*, und der unerklärbaren *KIAVIE* (N. 43), sowie der lateinischen Parsura (Florentiner Spiegel bei Overbeck l. c. N. 50. T. VII, 7), in den

---

[1]) Müller, Hdb. § 402, Anmerkg. 3. Vgl. u. a. das schöne Bild des Hieron, Mon. d. Inst. VIII. Taf. XLIII. Ann. 1872, p. 226 ff. Wenn die eine und andere Nereide auf den Peleus- und Thetis-Bildern ausser anderen Dingen noch einen Kranz oder Zweig (N. 42) oder einen Schirm oder eine Fackel (?) trägt (cf. Heydemann, griech. Vasen, Taf. VI, 2, p. 6), so sind die Nereiden damit natürlich nicht als solche charakterisirt.

[2]) Auf N. 3 (Taf. VIII, 5) reitet eine Nereide auf einem Delphin; auf der Kehrseite von N. 42 besteigt Nereus einen mit einem Delphin bemalten Wagen.

[3]) Benseler, gr. Eigennamen, Corp. Inscr. ed. Boeckh. IV, 7637. *Ποντομέδουσα* bei Apollodor. I, 2, 6.

[4]) S. Benseler l. c. unter *Καλύκη*. C. Inscr. IV, 7398. So liest auch Brunn in dem kleinen, 1871 revidirten Münchener Katalog und übersetzt den Namen nach dem Worte *κάλυξ* mit Knospe, während Jahn in seinem grösseren Katalog N. 331 'IAVVKA liest, was an *Γλαύκη* od. *Γλαύκα*, denken liesse.

[5]) Wohl verschrieben für *Χορώ*, cf. Jahn Einleitg. z. d. Münch. Vas. p. 117, Anmkg. 858. vgl. Benseler l. c. unter *Χορώ* und *Χώρα*.

[6]) Welcker, gr. Götterl. III, 65.

[7]) Vgl. Benseler l. c. unter *Γλαύκη*.

[8]) Bei der Deutlichkeit der Inschriften auf N. 44 M. d. Inst. I, Taf. XXXVIII ist man nicht berechtigt, diesen Namen als eine Verschreibung für die überlieferte *Σαώ*, Hesiod. Theog. 243, Apollodor. I, 2, 7 zu nehmen. Den Rhapsoden gefiel es, viele Namen wie bei Homer. XVIII, 39 ff. zusammenzustellen: Welcker, griech. Götterl. III, p. 62.

Nereidenkatalogen des Homer Jl. XVIII, 39 ff. und Hesiod, Theog. 240 ff. [1]). Auch die Mutter der Nereiden, die Okeanine Doris, haben einige Erklärer auf mehreren Vasenbildern wahrzunehmen geglaubt; so bezeichnet man auf der Vase N. 2 die bei Nereus stehende Frau, ferner auf N. 3 die auf einem Delphin reitende und mit einem Kredemnon geschmückte Figur als Doris, desgleichen die auf einem Altar (oder $\beta\tilde{\eta}\mu\alpha$) stehende Frau in N. 34; auch liesse sich wohl die mit einer Stephane versehene Frau auf N. 35 so deuten, und Newton ist geneigt, auf der Prachtvase von Kameiros die neben der Thetis erscheinende goldgeschmückte Frau in lang wallendem Gewande ebenfalls Doris zu nennen. Indessen fehlt es an Gründen, um diese immerhin vielleicht richtige Benennung als eine zweifellose hinzustellen. Auch würde ihre Bedeutung für die Composition dieser Bilder nicht grösser sein als die jeder anderen Nereide [2]).

Wichtiger dagegen als die bloss vermuthete Gegenwart der Mutter ist die Erscheinung des freundlichen alten Meergreises Nereus in der Mitte seiner erschreckten Töchter. Wird er auch, so viel mir bekannt, in unserer ersten Gruppe nur einmal (N. 45) durch eine Beischrift beglaubigt [3]), so ist seine Deutung dennoch durchaus sicher auf den NN. 3. 34. 35. 36. 43 und 45 und auf den mit den Hauptbildern auf der Vorderseite zusammenhängenden Rückseiten der Vasen NN. 2. 14. 30. 32. 33 u. 42, sowie auf N. 653 der Münch. Vas. und N. 1527 der Vasensammlung in der kaiserlichen Eremitage zu Petersburg [4]). Die zahlreichen Wiederholungen sowohl, als auch die sich im Ganzen gleich bleibende Charakterisirung des Alten, wie er öfter schlechthin heisst [5]), zeigen an ihrem Theile, eine wie populäre Figur dieser Liebling der Dichter bei dem griechischen Volke sein musste [6]). Nur einmal auf diesen Bildern (wenn hier die Deutung auf ihn zulässig ist, s. w. u.), nämlich auf N. 36, Taf. VIII, 4. Mon. d. Inst. I, Taf. XXXVII begegnet uns Nereus in seiner dem Element des Wassers entsprechenden älteren [7]) Gestalt als fischleibiger Meergott mit bekleidetem, menschlichem Oberkörper, wie er auch sonst einige Male vorkommt. Diese Gestalt breitet hier ihre Arme einer fliehenden Nereide entgegen. Ein spärliches weisses Haupthaar, ferner ein Scepter oder auch ein einfacher Stab sind, wie gewöhnlich, so auch auf unsern Bildern, die Kennzeichen des königlichen Meergreises (vgl. auch die Petersburger NN. 25. 38. 142. 1527. 1531 l. c. und die Neapler NN. 2421 und 3352 l. c.). Bisweilen tritt, wie schon bemerkt, ein Fisch in der Hand als Attribut hinzu (NN. 2. 45). Auch eine reichere königliche Gewandung zeichnet ihn öfter aus (N. 3. 35. Jahn, Münch. Vas. 653). Die Art und Weise, wie er sich zu dem ganzen Vorgange verhält, stimmt mit seinem sonstigen milden und duldenden Wesen [8]) und mit der Natur der Greise überhaupt. In einer gewissen Erregung sehen wir ihn auf N. 3 [9]). Oefter findet sich das Motiv einer zu ihm eilenden,

---

[1]) Vgl. Jahn, Münch. Vas. Einl. p. 117, Anmkg. 858, und Preller, griech. Myth. I, p. 433 ff. und 469, Anmkg. 4.

[2]) Nur auf der den berühmten Götterzug zum Thetideion hin darstellenden François-Vase erscheint Doris mit einer Beischrift versehen, desgleichen Nereus: Ann. d. Inst. 1868, Tav. d'agg. D.

[3]) Vgl. Overbeck, Heroengall. p. 197; auf der Tafel VII, 4 ist die Beischrift versehentlich fortgeblieben.

[4]) Stephani, die Vasensammlung der kaiserl. Eremitage II, p. 195.

[5]) Jl. I, 358. XVIII, 35. 141. Hes. Theog. 234. Paus. III, 21, 8.

[6]) Preller, gr. Myth. I, 433 ff.

[7]) Müller, Hdb. § 402, 2. 410, 5. Ann. d. Inst. 1831 (Rapporto volcente) p. 145 (300); Ann. 1832, p. 128. Ann. 1841. p. 318, Nota 3. Jahn, Arch. Aufs. 64, 20. Heydemann, griech. Vas. p. 1. Anmkg. 10 zu Taf. I, 2. Katalog d. Neapl. Vasensamml. N. 2638. Overbeck nennt gegen die Deutung de Witte's in den Ann. d. Inst. l. c. den fischleibigen Mann auf N. 36 Glaukos, ohne diese Benennung zu begründen. Wenn es Nereus wäre, so hätte er in dieser Tritonenbildung mit dem von Curtius so gedeuteten Kekrops eine Aehnlichkeit, cf. Mon. 'd. J. III, 30. Arch. Ztg. N. F. V. Bd. III. Heft (1873), p. 51 ff. zu Taf. 63. Beide haben mit einander gemeinsam, dass sie sowohl als $\delta\acute{\iota}\mu o\rho\varphi o\iota$, wie als reine Menschen dargestellt werden. Welcker, A. D. V, 146 ff.

[8]) Welcker. griech. Götterl. I, 620.

[9]) Hier wie auch sonst in der Angabe der NN. könnte ich ausführlicher sein, wenn die Beschreibungen in Overbecks Heroengallerie ausgiebiger wären, oder wenn mir alle hierher gehörigen Werke mit Abbildungen zu Gebot stünden.

in ihrer Angst vor ihm niederknieenden und um seine Hülfe flehenden Nereide, die er väterlichen Sinnes mit seinen Armen umschliesst (NN. 3. 14. 30. 32. 36); oder er empfängt stehend in königlicher Ruhe und Würde von einer seiner Töchter die Botschaft (N. 35. Heydemann, Neapl. Vasens. 2421); oder er sitzt auf einem Sessel (N. 2. 45), wobei Overbeck, wie auf N. 45, an den homerischen λίθος ξεστός erinnert[1]).

Wie Nereus und die Nereiden, so ist auch Cheiron eine in allen Altersclassen der Monumente wieder vorkommende, gleichsam unentbehrliche Figur beim Raube der Thetis. Lebhaft für den Vorgang interessirt, mitunter auch selber eingreifend (N. 15, Taf. VII, 5), meistens aber ganz in der Nähe des ringenden Paars, finden wir den weisen Waldkentaur als alten Freund des Peleus diesem hülfreich zur Seite stehen [NN. 3. 15. 23. (Roulez, Vase de Leide pl. 12) 24. 34. 35. 36. 37. Jahn, Münch. Vas. 538]. Mit menschlichen Vorderfüssen versehen erscheint er auf den NN. 15, 24, 35. 36. Jahn l. c. 538[2]). Wie anderswo (vgl. z. B. Heydemann gr. Vas. Taf. VII, 1), so trägt er auch in unserer Scene mehrmals über der linken Schulter einen langen Baumzweig, der mit erjagten Hasen behangen ist und bei ihm somit die Waidmannstasche vertritt (NN. 15. 36.), so auch auf der François-Vase N. 47; ebenfalls mit dem Baumzweige, aber ohne Hasen, kommt er auf den NN. 35 u. 37 vor. Auf N. 15 ist er damit beschäftigt, den Peleus von einem die Verwandlung der Thetis bezeichnenden Panther zu befreien, der letzteren an der Schulter gepackt hat. Bald sieht er ruhig zu, wie auf NN. 3 u. 35 (Amazonenvase von Ruvo. Heydemann Neapl. Vasens. N. 2421), bald hebt er wie auf der unterital. Vase N. 37 die rechte Hand in die Höhe, als ob er demonstrirend den Ringkampf zwischen Peleus und Thetis begleite, oder er deutet sonst irgend wie durch die Bewegungen seiner Hände die Theilnahme an der Handlung an (Jahn, Münch. Vas. 538). Bedeutsamer ist der Gestus seiner rechten Hand auf der schönen Vase von Locri (N. 36. Heydemann Neapl. Vasens. N. 2638); er legt nämlich hier die ausgestreckten Finger derselben an den Mund und zugleich in seinen Bart, nicht um damit, wie Overbeck, Heroengall. p. 189, meint, eine gewisse Bedenklichkeit auszudrücken, sondern um damit zu sagen, dass keine Unruhe, wie die der Nereiden, kein Lärm, kein störendes Wort die heilige Handlung stören solle; es ist somit der Gestus der εὐφημία, der bei diesem Vorgang auf den Willen der Götter und des Zeus hinweist[3]).

Peleus aber mochte, nachdem es einmal im Rathe des Zeus und der Themis beschlossen war[4]), und nachdem ihm, wie dem Brauch des Epos gemäss zu vermuthen ist, Hermes (dem wir hier noch an anderer Stelle begegnen werden) die Nachricht davon gegeben, selber zusehen, wie er sich nach uralter von Göttern und Menschen geübter und bei den Spartanern am längsten erhaltener Sitte mittels des Raubes, der ἁρπαγή, der Braut bemächtige. So geschieht es denn auch, dass er mitten aus der Schaar ihrer Schwestern und Gespielinnen heraus unter Cheirons Rath und Beistand die heftig Widerstrebende mit sich fortführt. Peleus selbst ist entweder in dem Augenblick dargestellt, in welchem er auf dem Punkte steht, die Göttin zu erreichen (NN. 1. 2. 3), oder er hat sie wie auf allen übrigen Bildern bereits ergriffen, indem er sich — und diese Art des Angriffs ist

---

[1]) Il. XVIII, 504. Od. III, 406. VIII, 6. X, 211. 253.

[2]) Ross, Arch. Aufs. I, Taf. VI, p. 104 ff. Müller-Wieseler. A. D. I, Taf. LVII, N. 283. II, Taf. XLVII, 590—592. Vgl. dazu Heydemann, griech Vas. p 7 zu Taf VII, 1. Wie aber stimmt bei letzterem der Satz „Wenn im schwarzen Styl (sic!) die vollendetere spätere Bildung des Rossmenschen (mit vier Pferdefussen) vorkommt, so wird man die betreffenden Malereien stets einer alterthümelnden späteren Zeit zuzuweisen haben“ — wie stimmt derselbe, um nur ein Beispiel zu erwähnen, mit dem grossen, lebhaft erregten Kentauren-Kampf auf der François-Vase, wo aus guten Gründen die „vollendete spätere Bildung des Rossmenschen“ im „schwarzen Styl“ vorkommt. Oder ist etwa der Styl dieser Vase ein „alterthümelnder“? Vgl. Ross l. c. II, T. 2, p. 347.

[3]) Vgl. Curtius in d. Arch. Ztg. N. F. V. Bd. III. Heft (1873) p. 54.

[4]) Etwas anders die ältere Sage, vgl. Jl. XVIII, 431 ff. XXIV, 59 ff. Apollon. Rhod. IV, 790 ff. 805. Apollod. III, 13, 5. — Vgl. Henrichsen, de carm. Cypr. p. 38 ff. Preller, gr. Myth. II, p. 398.

ein typisches Motiv aller ältern Bildwerke — etwas blickt, um die Göttin von unten um den Leib zu fassen[1]). Erst auf den Vasenbildern des malerischen Styls wie auf den NN. 3. 37. 38, dem Fragment von Kertsch[2]) und der Vase von Kameiros ist das Motiv des Bückens aufgegeben, und Peleus erscheint auf den vier ersteren der ebengenannten Bilder in gleicher Höhe mit der Göttin, auf dem letzteren hat er von oben her den rechten Arm der am Strande niederkauernden Thetis ergriffen. Auf den beiden bei Overbeck Heroengall. NN. 50 und 51 citirten Spiegelbildern trägt Peleus die Thetis auf seiner linken Schulter davon[3]). Einige Male sieht man ihn unbekleidet [NN. 11. 12 (Rochette, Mon. inéd. I, 1). 37. 45 (an dieser Vase kann übrigens bei einer daran vorgenommenen Restauration dies und das weggefallen oder übergangen sein). 1155 bei Jahn, Münch. Vas., ebenso auf den beiden italischen Spiegeln NN. 50 u. 51, sowie auf dem etruskischen Goldschmuck N. 52 (Nouvelles Annales de l'Inst. Tome I, 1836, T. A., 3]. Auf andern Bildern ist er mit einem blossen Schurz bekleidet (Jahn, Münch. Vas. 133. 538. 653. 1112. Heydemann, Neapl. Vas. 2449. 2535. 2538. R. C. 207); noch auf andern mit der Chlamys allein, oder mit Chlamys und Petasos zusammen (NN. 1. 3. 38. Jahn, l. c. 501. 767. 807. Vase von Kameiros). Einen kurzen Aermelchiton trägt er auf den NN. 25. 36. 44. Jahn, l. c. 369. 486. Petersb. Erem. N. 1527. Mit Waffen, am häufigsten mit einem Schwert in der Scheide, einige Male auch mit einem Köcher, sieht man ihn auf den NN. 3. 15. 25. 31. Jahn, l. c. 450. 486. 501. 653. 767. 807. 1155. Einen ordentlichen Harnisch trägt er auf der Münch. Vase 331; wie der untere Theil einer Hoplitenrüstung, weniger wie ein Schurz, erscheint sein Anzug auf der Münch. Vase 380 (15 bei Overbeck), auf welcher Schultern und Arme nackt sind, wenigstens fehlen dort die Andeutungen einer Bekleidung. Meistentheils ist er in voller Jugendlichkeit mit Locken und ohne Bart dargestellt; auf einigen dieser Bildwerke jedoch erscheint er auch bärtig, z. B. auf N. 31 (Jahn, Münch. Vas. 331) und auf der François-Vase. Sein Haupt ist öfter bekränzt oder mit einer Binde versehen (NN. 11. 15. 25. 36. 44. Jahn, l. c. 331. 486. 653. 1112. 1155). Auf der athenischen Vase N. 38 ist Peleus ferner mit einer neben der Hauptgruppe stehenden Quadriga ausgerüstet, die, mit vier ungestüm sich bäumenden Rossen bespannt und von einem Wagenlenker gehalten, zur Entführung der Göttin dienen soll.

Thetis erscheint auf den meisten älteren Vasenbildern in einem lang wallenden Aermelchiton, der bisweilen gestickt ist; darüber trägt sie in den meisten Fällen einen Mantel, und ihr Haupt ist in der Regel mit einer Haube, Binde, Stephane, einem Kranze oder auch mit einem Schleier geschmückt [Overbeck NN. 3. 11. 15. 25. 35 (cf. Heydemann, Neapl. Vas. 2421). 36. 44. Jahn, l. c. 331. 369. 380. 450. 486. 501. 538. 653. 767 u. a. m.]. Auf den jüngeren Vasenbildern ist ihre Kleidung einfacher, so auf den NN. 37 und 38. Auf der Vase von Kameiros ist sie sogar ohne alle Bekleidung und wie schon bemerkt nach dem Motiv einer im Bade kauernden Venus dargestellt. Bald hebt sie Arme und Hände wehrlos in die Höhe, bald sucht sie sich mittels derselben dem Peleus zu entziehen. Auf N. 450 bei Jahn l. c. fasst sie den Verwegenen bei seinem Lockenschopf, auf N. 2449 bei Heydemann l. c. sucht sie ihn mit der Linken wegzustossen. Die von der Sage

---

[1]) Dies Motiv findet sich auch auf drei sehr alten Vasenbildern in Athen, die von Heydemann. griech. Vasen Taf. VII, 1—3 publicirt sind, und von denen N. 2 aus Phaleron, N. 3 aus Tanagra stammt. Damit stimmt ferner das schon citirte alte Terracotta-Relief aus Aegina bei Schoene, griech. Rel.-Taf. XXXIV, N. 133. Vgl. hiemit das Relief eines zu einem etruskischen Goldschmuck gehörenden Plättchens in den Nouv. Ann. de l'Inst. Sect. franç. 1836 p. 88 pl. A. 3. Overb. Heroeng. p. 205, N. 52.

[2]) Compte rendu de la comm. impér. 1869, Taf. IV, 3.!

[3]) Vgl. Ann. d. Inst. 1855, T. XIII, p. 57.

überlieferten Verwandlungen[1]) der Thetis, die ja bekanntlich so recht zur Natur der Seegottheiten gehören und im Wesen des Elements, in dem sie leben, begründet sind[2]), deutet die Kunst durch allerlei Attribute von Thieren an, die der Thetis beigegeben worden und die den Peleus in der verschiedensten Weise angreifen. Bald sind es Feuerstrahlen (N. 15. Vgl. Heydemann, Neapl. Vasens. R. C. 207. Arch. Ztg. 1869, S. 62), die von der Schulter und vom Haupte der Thetis her emporschiessen, bald Löwen, bald Panther und Tiger, die dem Peleus auf den Rücken springen oder irgend eins seiner Gliedmassen anpacken, bald Seedrachen in allerlei wunderlichen Gestalten, die ihn zu beissen suchen, bald endlich Schlangen, die sich um seine Glieder winden, wie letzteres schon auf der alten Kypselos-Lade dargestellt war Paus. XVIII, 5, 1, 5. Auf dem schönen Rundbilde der Vase N. 36 ist die Verwandlung der Thetis in einer an Ovid erinnernden Weise[3]) durch Flügel am Haupte und durch das Blatt einer Wasserpflanze angedeutet[4]).

Von besonderem Interesse ist die dem brittischen Museum angehörige flache Kylix N. 45 bei Overbeck Taf. VII, 4, die ihrem Stil und Charakter nach zu den nach älteren Typen in archaisirendem Styl gemalten Vasen gehört. Herr Professor Brunn schreibt mir: „Die Vase bei Overbeck N. 45 unterscheidet sich durch nichts von der Masse der gewöhnlichen rothfigurigen, die ich alle für archaisirend halte, natürlich nach älteren Typen." Sie enthält zwei zusammengehörige Aussenbilder, von denen das eine die Hauptscene, das andere die Botschaft an den Nereus darstellt. Auf letzterem tritt nun Hermes in hohen Reisestiefeln, mit Petasos, Chlamys und Kerykeion in aller Eile auf den Meergreis zu, um ihm im Namen des Zeus den Raub der Thetis anzuzeigen. Noch einmal, soviel ich weiss, begegnet uns Hermes auf einer unteritalischen Prachtvase in München (Jahn, N. 538), nicht aber wie auf N. 45 zum Nereus eilend, sondern bei der Hauptscene auf der Vorderseite „hülfreich gegenwärtig seiend", wie der kleine Katalog von 1871 sagt. Auf dieses die Gedankenverbindung erweiternde Motiv der Composition werden wir weiter unten noch zurückkommen[5]).

Gleich dem Hermes würde noch eine zweite Figur auf einen weiteren Zusammenhang dieser Scene mit andern Ideen hinführen und die Compositionen erweitern, nämlich ein bärtiger Mann mit Scepter, Lorbeerkranz und langer Gewandung auf den NN. 36 und 44 (Taf. VIII, 4. 7), wenn wir in dieser Gestalt, den Darstellungen auf den Vasen des freieren Styls gemäss[6]), den Zeus erkennen dürften. Da aber bedauerlicherweise selbst auf N. 44, wo sonst Inschriften

---

[1]) Pind. Nem. IV, 62: πῦρ δὲ παγκρατὲς θρασυμαχάνων τε λεόντων ὄνυχας ὀξυτάτους ἀκμάν τε δεινοτάτων σχάσαις ὀδόντων ἔγαμεν ὑψιθρόνων μίαν Νηρεΐδων. Schol. Pind. Nem. III, 60. IV, 101. Apollod. III, 13, 5. Ovid. Met. XI, 240 ff. Tzetzes Chil. II, 664 ff.

[2]) Welcker, gr. Götterl. I, 621. Vgl. u. a. Apollod. I, 9, 9, 2. Lucian. dial. mar. 4.

[3]) Ovid. Met. XI, 243: Sed modo tu volucris, volucrem tamen ille tenebat,
Nunc gravis arbor eras, haerebat in arbore Peleus.

[4]) Vgl. dazu das schöne, durch seine Composition so sehr sich auszeichnende Jo-Bild in den Mon. dell' Inst. II, Taf. LIX, auf welchem die Verwandlung der Jo durch kleine Hörner im Haar vorn auf der Stirn und durch thierisch gebildete Ohren angedeutet ist. Das Schilfrohr in ihrer linken Hand wird als ein Hinweis auf ihre Abkunft vom Inachos, dem arginischen Flussgott, genommen, Ann. d. Inst. 1838, 254; ähnlich mag auch das Blatt der Wasserpflanze neben der Thetis des Bildes N. 36 nicht ihre Verwandlung in eine Pflanze, wie Overbeck Heroengall. p. 180 meint, sondern ihre Natur als eine dem Meer angehörende Nereide bezeichnen sollen. Vgl. Helbig, Wandgemälde NN. 1032. 1037. 1042. 1044. 1046. 1050. 1053. Vgl. ferner die Bilder in Overbeck's Atlas zur gr. Kunstmythologie, 2. Lieferung, T. VII, 7. 8. 11. 13—17.

[5]) Hermes findet sich noch in einer anderen Scene bei Nereus auf einer unteritalischen Vase, Heydemann, Neapl. Vas. 3352, nämlich beim Abschied des Achilles, vgl. Brunn, troische Miscellen, Sitzungsberichte d. k. A. d. W. 1868, p. 64.

[6]) Overbeck, griech. Kunstmythologie, p. 181, FF—OO.

genug vorhanden sind, gerade für seine Figur die Inschrift weggelassen ist, so liegt uns noch die Verpflichtung ob, weiter unten in einem andern Zusammenhange darüber ausführlicher zu reden, zumal Overbeck ihn Nereus genannt hat, ohne dass sich diese Benennung vollkommen rechtfertigen liesse. Unter die erschreckten Mädchen tretend, hebt er auf N. 36 etwas ruhiger, auf N. 44 lebhafter bewegt, die rechte Hand auf, als ob er die Aufregung beruhigen oder — dies gilt natürlich nur unter der Voraussetzung, dass es Zeus ist — durch seine Gegenwart andeuten wolle, dass der Raub der göttlichen Braut sein eigenstes Werk sei.

Doch mit diesen bisher erwähnten Figuren ist der Kreis noch nicht abgeschlossen. Die Compositionen werden immer reicher, die Vorstellungen immer weiter. So erscheinen auf einer aus Athen stammenden Vase des malerischen Styls, die mit Inschriften versehen ist, Poseidon und Athene (beide in fragmentirten Figuren und mit fragmentirten Inschriften); sie sind in dieser Verbindung weniger Hochzeitszeugen, wie Raoul-Rochette Mon. inédits I, p. 7 ff. sie nimmt, sondern vielleicht (s. u.) die Repräsentanten des attischen Landes und des attischen Interesses an der Sage[1]. Mit Ausnahme der übrigens nicht mit Sicherheit auf den Mythus vom Peleus und der Thetis zu beziehenden Reliefs der berühmten Portland-Vase des brittischen Museums (Overbeck N. 49, Taf. VIII, 9), auf der man in der einen Figur den Poseidon erkennen will, kommen Poseidon und ebenso Athene auf den bis jetzt bekannt gewordenen Bildern mit dem Raube der Thetis nicht wieder vor.

Ebenfalls nicht weiter in die Handlung eingreifend, sondern eine Gruppe für sich bildend, die, wie wir weiter unten sehen werden, nur lose mit dem Hauptereigniss in der Mitte des Bildes verbunden ist, zeigen sich uns auf der eben erwähnten athenischen Vase N. 38 Pan, Peitho, Aphrodite und Eros, die drei ersteren mit Inschriften versehen, der Athene und dem Poseidon auf der andern Seite von Peleus und Thetis gegenüber. In dieser Verbindung sehen wir die ersteren vier auf den Bildern mit dem Raube der Thetis nur einmal. Dass sie in dieser Zusammen- und Gegenüberstellung ein theils den späteren erotischen Anschauungen im Allgemeinen, theils den attischen Einwirkungen im Besonderen entstammendes Motiv sein dürften, wird sich unten bei der Erläuterung der ganzen Composition dieser merkwürdigen Vase zeigen. Peitho und Aphrodite[2] sind in voller Gewandung dargestellt; ebenso, aber weit schöner und wahre Muster der Gewanddraperie, sind sie auf der Vase von Kameiros (Newton l. c.) vereinigt; auch auf dieser findet sich ein geflügelter Eros; Aphrodite allein mit Eros sehen wir ferner noch auf zwei Vasen des malerischen Styls, auf einer aus Korinth stammenden Vase (N. 3) und einer unteritalischen Vase (N. 37). Auf ersterer lehnt sich Aphrodite stehend an ein hermenartiges einfaches Postament, auf letzterer sitzt sie an einen palmartigen Baum gelehnt und schaut in einen Spiegel, den sie mit der Rechten sich vorhält. Auf N. 3 hält Eros in der Luft schwebend eine Tänie, die Welcker A. D. III, 312 ff. als prophetisches Sieges- und Liebessymbol nachweist.

Noch ist ein Jüngling auf der unteritalischen Vase N. 37 zu erwähnen, den Overbeck p. 191 nach Millingens Vorgang Telamon den Bruder des Peleus nennt, der aber in seinem ganzen Habitus an den Hermes erinnern würde, wenn ihm nicht der Caduceus fehlte. Auch auf N. 24 ist Overbeck geneigt, den Telamon in einem neben der Scene stehenden jungen Heros mit einer Lanze zu erkennen, Heroengall. p. 182.

Dies sind die bei der ἁρπαγή uns entgegentretenden Züge der alten Monumente.

Ihnen reiht sich nun in einer Weise, wie man sie sich gar nicht schöner denken kann, eine nur einmal nachgewiesene Darstellung auf einer Vase aus Chiusi an (N. 46, Taf. VIII, 6)[3]. Sie

---

[1] Ueber die Einwirkungen des Attischen vgl. Jahn Einl. zu d. Münch. Vasen, p. CCXIV und CCXV.

[2] Müller, Hdb. § 378. Welcker, griech. Götterl. III, 202 ff. Preller, griech. Myth. I, 398 ff. Jahn. Peitho, die Göttin der Unterredung, Greifswald 1846.

[3] Jahn, Einleitung zu den Münch. Vas., Anmkg. 544 a und Anmkg. 1221. In archaisirendem Styl gemalt.

zeigt uns in jener unnachahmlichen, in gewisser Weise herben, doch aber wieder mit aller Anmuth und Züchtigkeit verbundenen alterthümlichen Schlichtheit, wie sie nur dem strengeren Kunststyl der Griechen eigen ist, einen Vorgang, der bald nach dem Raube stattgefunden haben muss: nämlich die Einführung der Thetis an der Hand des Peleus in die berühmte Grotte[1] des alten Waldkentauren. In dieser fand die götterbesuchte Hochzeit und das erste Beilager statt[2]. Nur drei mit Beischriften versehene Personen sieht man auf dem Hauptbilde[3] der Vase, den Cheiron, Peleus und die Thetis. Peleus stellt dem Cheiron seine Braut vor, und dieser bewillkommnet sie. Der bartlose jugendliche Peleus steht in der Mitte, einen Kranz um das in langen Locken herunterfallende Haupthaar geschlungen[4], und mit einem Chiton, sowie mit einem leichten Ueberwurf über dem linken Arm bekleidet. Ueber diesem Chiton liegt wie auf N. 486 bei Jahn ein rings um den Leib geknüpftes Thierfell, das über der rechten Hüfte in eine eigenthümliche, vielleicht einen Köcher wie auf der Münch. Vase 486 darstellende Verlängerung ausläuft. Der Petasos sitzt ihm von einem Bande um den Hals herum gehalten im Nacken, an den Füssen trägt er hohe Stiefel, und mit der etwas erhobenen Linken hält er zwei auf den Boden gesetzte Jagdspiesse, die gewöhnliche Ausrüstung der Männer. Während er mit der Rechten die zögernde und verschämt vor sich niedersehende Thetis am linken Arm herbeizieht ($\chi\epsilon\iota\varrho'\ \epsilon\pi\iota\ \kappa\alpha\varrho\pi\tilde{\omega}$), wendet er sich nach rechts hin dem Cheiron zu, der, mit menschlichen Vorderfüssen versehen, mit Chiton und Himation bekleidet, bärtig, das volle langlockige Haupthaar bekränzt wie auf N. 36, und in der Linken einen langen Knotenstab haltend, aus seiner hinter ihm so eben noch am Rande des Bildes angedeuteten Felsgrotte hervortritt und dem jungen Paare mit wohlwollender und freundlicher Miene die rechte Hand entgegenstreckt, wie wenn er sie einlade, bei ihm in seiner ländlichen Behausung fürlieb nehmen zu wollen. Thetis selbst steht da in einem bis auf die Füsse herabfallenden Chiton und einem um die Schultern gezogenen Himation, das vorne über die Brust in zwei langen Zipfeln herabfällt. Auf dem Haupte trägt sie ein durchsichtiges Haarnetz. In jedem Zuge ihrer Haltung offenbart sich die bräutliche Verschämtheit, so in dem zögernden Schritt, in dem halben Zurückhalten gegenüber dem Peleus, der sie seinem Freunde vorstellt, in dem zur Erde gesenkten Blick, und vor allem auch in der Art, wie sie, als ob sie ihre Augen darin verbergen möchte, mit der erhobenen Rechten den oberen Theil der einen über die Brust herabfallenden Hälfte des Himations emporhebt. Auch im Peleus, der eben noch von Liebesgluth entflammt den Besitz der Braut erkämpfte, ist der Sturm der Leidenschaft einer gewissen Züchtigkeit und Ruhe gewichen; er sieht den Cheiron nicht geraden Blickes, sondern mit jener sittsamen Ehrerbietung an, welche der Jugend dem weiseren Alter gegenüber gebührt. Seine Augen ein wenig vor dem hülfreichen alten Waldkentauren senkend steht er da, als ob er sinnend und überlegend nach Worten des Dankes für die grosse Güte und Freundlichkeit des letzteren suche. So ist über das Ganze ein seltener Hauch von Anmuth, Feinheit und Liebenswürdigkeit gebreitet; und wie skizzenhaft und schlicht auch die Züge des alten Vasenbildes sind, so dürfte es doch nicht zu gewagt sein, an das von dem höchsten Zauber attischer Kunst umflossene

---

[1] Preller, gr. Myth. I, 359, II, 15.

[2] Pind. Isthm. VII (VIII), 89. Eur. Iph. Aul. 705. Schol. Il. XVIII, 140. XXIV, 62. Schol. Pind. Pyth. III, 160. Schol. Pind. Nem. III, 97. Philostr. Heroik. (ed. Boiss.) p. 202.

[3] Die Rückseite stellt den alten Nereus zwischen zweien seiner Töchter dar. Mus. Chius. Tav. XLVII. cf. Bull. d. Inst. 1831, p. 143. Ann. d. Inst. 1832, p. 128.

[4] Eine ähnliche Bekränzung des Peleus findet sich auf den NN. 36 und 44 bei Overbeck; vgl. ferner Jahn, Münch. V. 331. 486. 653. 1112. 1155 u. a m. Vgl. Schoemann, gr. Alterth. II, 228 ff. Auf den jüngeren Vasen des malerischen Styls ist diese Bekränzung weggelassen.

berühmte Relief in Neapel zu erinnern, das den Hermes, die Eurydike und den Orpheus darstellt[1]). Mit diesem Relief hat das Vasenbild nämlich nicht bloss die Zahl der Figuren, sondern auch manches in deren feiner Haltung und in dem über das Ganze gebreiteten Hauch von Sittigkeit und Schönheit gemeinsam. Solche Bilder, wie diese beiden geben mehr als schriftliche Zeugnisse einen Begriff von dem sinnigen Anstandsgefühl, welches die Griechen in manchen Umständen und Verhältnissen des Lebens in anmuthigster Weise zur Geltung zu bringen wussten.

Das Hochzeitsmahl selber, bei welchem der sterbliche Peleus den thronenden Kreis der Fürsten des Meeres und des Himmels um sich sah[2]), ist bis jetzt auf Bildwerken nicht nachgewiesen worden. Dafür aber entschädigt uns der Maler Klitias (*ΚΛΙΤΙΑΣΜΕΓΡΑΦΣΕΝ, ΕΡΓΟΤΙΜΟΣ ΜΕΠΟΙΕΣΕΝ*) auf der François-Vase durch die Darstellung des Götterzuges, der sich am dritten Tage[3]) nach der Hochzeit, dem Tage der ἀνακαλυπτήρια, zum Thetideion, der späteren Wohnung des neuvermählten Paares, begiebt.

---

[1]) Mit Kekulé, Bonner Gypsmuseum N. 169 p. 38 ff., möchte ich dieses Neapler Relief den anderen beiden Repliken in Paris und in der Villa Albani gegenüber (nur von letzterem sind Gypsabgüsse vorhanden) für das Original halten.

[2]) Cf. Jl. XXIV, 62. 63 (Hera zum Apollon): πάντες δ' ἀντιάασθε, θεοὶ γάμου (des Peleus) ἐν δὲ σύ τοῖσιν | δαίνυ' ἔχων φόρμιγγα, κακῶν ἕταρ', αἰὲν ἄπιστε. Jl. XVII, 195, XVIII. 84.

Pind. Pyth. III, 93: καὶ θεοὶ δαίσαντο παρ' ἀμφοτέροις (auf der Hochzeit des Peleus und des Kadmos.)

Pind. Nem. IV, 66: εἶδεν δ' εὔκυκλον ἕδραν, | τᾶς οὐρανοῦ βασιλῆες πόντου τ' ἐφεζόμενοι | δῶρα καὶ κράτος ἐξέφαναν ἐς γένος αὐτῷ

Pind. Nem. V, 22 ff.: πρόφρων δὲ καὶ κείνοις*) ἄειδ' ἐν Παλίῳ | Μοισᾶν ὁ κάλλιστος χορός, ἐν δὲ μέσαις | φόρμιγγ' Ἀπόλλων ἑπτάγλωσσον χρυσέῳ πλάκτρῳ διώκων | ἁγεῖτο παντοίων νόμων. αἱ δὲ πρώτιστον ὕμνησαν Διὸς ἀρχόμεναι σεμνὰν Θέτιν | Πηλέα θ', ὥς τέ νιν ἁβρὰ Κρηθεῒς Ἱππολύτα **) δόλῳ πεδᾶσαι | ἤθελε ξυνᾶνα Μαγνήτων σκοπὸν | πείσαισ' ἀκοίταν ποικίλοις βουλεύμασιν, | ψεύσταν δὲ ποιητὸν συνέπαξε λόγον, | ὡς ἄρα νυμφείας ἐπείρα κεῖνος ἐν λέκτροις Ἀκάστου | εὐνᾶς· τὸ δ' ἐναντίον ἔσκεν· πολλὰ γάρ νιν παντὶ θυμῷ | παρφαμένα λιτάνευεν· τοῦ δὲ ὀργὰν κνίζον αἰπεινοὶ λόγοι. | εὐθὺς δ' ἀπανάνατο νύμφαν, ξεινίου πατρὸς χόλον | δείσαις· ὁ δ' εὖ φράσθη κατένευσέν τέ οἱ ὀρσινεφὴς ἐξ οὐρανοῦ | Ζεὺς ἀθανάτων βασιλεύς, ὥστ' ἐν τάχει | ποντίαν χρυσαλακάτων τινὰ Νηρεΐδων πράξειν ἄκοιτιν, | γαμβρὸν Ποσειδάωνα πείσαις, ὃς Αἰγᾶθεν ποτὶ κλειτὰν θαμὰ νίσεται Ἰσθμὸν Δωρίαν | ἔνθα νιν εὔφρονες ἶλαι σὺν καλάμοιο βοᾷ θεὸν δέκονται | καὶ σθένει γυίων ἐρίζοντι θρασεῖ. | πότμος δὲ κρίνει συγγενὴς ἔργων περὶ | πάντων.

Pind. Isthm. VII (VIII) 26 ff.: ταῦτα ***) καὶ μακάρων ἐμέμναντ' ἀγοραί, | Ζεὺς ὅτ' ἀμφὶ Θέτιος ἀγλαός τ' ἔρισας, Ποσειδᾶν, γάμῳ, | ἄλοχον εὐειδέα θέλων ἑκάτερος | ἐὰν ἔμμεν' ἔρως γὰρ ἔχεν. ἀλλ' οὔ σφιν ἄμβροτοι τέλεσαν εὐνὰν θεῶν πραπίδες, | ἐπεὶ θεσφάτων ἐπάκουσαν· εἶπε δ' | εὔβουλος ἐν μέσοισι Θέμις, | εἵνεκεν πεπρωμένον ἦν φέρτερον τεκέμεν ἄνακτα πατρὸς γόνον | ποντίαν θεόν, ὃς κεραυνοῦ τε κρέσσον ἄλλο βέλος | διώξει χερὶ τριόδοντός τ' ἀμαιμακέτου, Ζηνὶ μισγομέναν ἢ Διὸς παρ' ἀδελφεοῖσιν. ἀλλὰ τὰ μὲν παύσατε. βροτέων δὲ λεχέων τυχοῖσα | υἱὸν εἰσιδέτω θανόντ' ἐν πολέμῳ, | χεῖρας Ἄρεΐ τ' ἐναλίγκιον στεροπαῖσί τ' ἀκμὰν ποδῶν. | τὸ μὲν ἐμόν, Πηλέϊ γάμον θεόμορον ὀπάσσαι γέρας Αἰακίδᾳ, | ὅν τ' εὐσεβέστατον φάτις Ἰωλκοῦ τράφειν πεδίον· | ἰόντων δ' ἐς ἄφθιτον ἄντρον εὐθὺς Χείρωνος αὐτίκ' ἀγγελίαι· | μηδὲ Νηρέος θυγάτηρ νεικέων πέταλα δὶς ἐγγυαλιζέτω | ἄμμιν· ἐν διχομηνίδεσσιν δὲ ἑσπέραις ἐρατὸν | λύοι κεν χαλινὸν ὑφ' ἥρωι παρθενίας. ὡς φάτο Κρονίδαις ἐννέποισα θεά· τοὶ δ' ἐπὶ γλεφάροις νεῦσαν ἀθανάτοισιν· ἐπέων δὲ καρπὸς | οὐ κατέφθινε. φαντὶ γὰρ ξύν' ἀλέγειν | καὶ γάμον Θέτιος ἄνακτα. ****)

[3]) Becker, Charikles III, p. 312. Hermann, griech. Privatalterth. § 31, 34—35. Schoemann, griech. Alterth. II, 533 ff. Pauly's Real-Encycl. v. ἀνακαλυπτήρια. Stephani, Compte rendu 1861, p. 92. Heydemann, Ann. d. Inst. 1868, p. 234.

*) Den Aeakiden.

**) Schol. ad Nem. IV, 88.

***) Der Tüchtigkeit und Tapferkeit der Aeakiden waren die Götter eingedenk, als u. s. w.

****) Boeckh, Expl. ad Pind. Isthm. VII, 26—47 (p. 547) versteht unter ἄνακτα nicht Zeus, den ἄνακτα θεῶν, sondern nach Heyne's Vorgang den Peleus. Andere dagegen (cf. T. Mommsens Edit. p. 445 zu 47) bleiben nach dem Glossem im Vat. B. τὸν Δία in Uebereinstimmung mit den sonstigen Ueberlieferungen bei der Beziehung auf Zeus. In seiner deutschen Uebersetzung folgte Mommsen früher der Lesart ἄνακτε und verstand Zeus und Poseidon.

In einem |auf dorischen Säulen sich erhebenden Tempelbau in antis sieht man durch eine halb geöffnete Thür, die auf dem Bilde als Seitenthür erscheint, ohne es vielleicht sein zu sollen, Thetis auf einem Sessel. Mit der Rechten hebt sie den langen herunterhangenden bräutlichen Schleier aus ihrem Antlitz (ἀνακαλυπτομένη), um den von draussen her sich nähernden grossen prachtvollen Götterzug besser wahrzunehmen[1]). Vor dem Eingange steht neben einem mit Gefässen besetzten Altar Peleus, bärtig und in einem schmuckreichen langen Chiton sammt Himation, um die himmlischen Gäste zu empfangen, die in kunstreich gewirkten und bis auf die Füsse hinabfallenden Festgewändern auf einer langen Reihe von schönen Viergespannen in feierlichem Schritt herankommen: voran zu Fuss, neben Iris, der Götterbotin, Cheiron, der hülfreiche Freund des Peleus, wie gewöhnlich die mit Wildpret beladene Esche des Pelion über der linken Schulter[2]) und die Rechte seinem Schützling, dem Peleus, zum Gruss bietend. Dann folgen, neben einander herschreitend und schön geschmückt, Demeter, Hestia, und Chariklo, die Gattin des Kentauren[3]), wie alle übrigen Frauen und Männer in langen Gewändern und Mänteln[4]). Ihnen schliesst sich der Gott des Weines an, der bärtige Dionysos, weit ausschreitend, eine grosse Amphora auf den Schultern, an deren Halse ein Trauben tragender Rebzweig den Inhalt andeutet; während Cheiron für das Fleisch zum Braten sorgt, beschafft Dionysos den Trunk dazu, und wie es scheint, trägt er schwer an seiner süssen Bürde. Es folgen die Jahreszeiten in Gestalt dreier[5]) Horen, die ebenso neben einander schreiten wie Demeter, Hestia und Chariklo. Nach diesen über die irdische Wohlfahrt waltenden Gottheiten kommen unter Sang und Klang der Musen paarweise die grossen Götter und Göttinnen auf Viergespannen heran, von schlankfüssigen Rossen gezogen und zu Fuss begleitet von den schon genannten Musen, von den Moiren und andern Wesen ähnlichen Ranges. Auf dem ersten von Urania und der eine Rohrflöte blasenden Kalliope begleiteten Wagen sehen wir Hera und Zeus mit dem himmlischen Scepter und den die Macht des Herrschers verkündigenden Blitzen; auf dem zweiten, bei welchem Thalia, Euterpe, Kleio und Melpomene einhergehen, Poseidon und Amphitrite; auf dem dritten Ares und Aphrodite, geleitet von Stersichore, Erato und Polymnis[6]). Auf und neben dem vierten Wagen sind nur die unteren Theile der Figuren sichtbar; man hat in den Hauptfiguren dieses Wagens Apollon und Artemis, sowie in den Nebenfiguren die Charitinnen vermuthet[7]). Auf dem fünften Wagen, der sich durch ein später aufgefundenes Fragment[8]) glücklicherweise ergänzen liess, stehen zwei weibliche Figuren, von denen die eine als Athene bezeichnet ist, während der anderen der Name fehlt. Heydemann hat in letzterer die Nike, die oft vorkommende Begleiterin der Athene, vermuthet; dagegen ist jedoch geltend zu machen, dass Nike, wenngleich in der antiken Kunst schon sehr frühe behandelt[9]), in dem alten Heroen-Epos nicht als handelnde Person erscheint. Zu diesem Range erhebt sie sich erst in späteren Zeiten[10]). Deshalb sähe ich die Themis, zumal sie

---

[1]) Heydemann in d. Ann. d. Inst. 1868, p. 234: La figlia di Nereo, levando già il velo, trovasi ancora nella casa sia per pudore ossia per sdegno per aver dovuto prendere un marito mortale, mentrechè Poleo, fuori del Tetideo, si fa incontro agli iddj che arrivano.

[2]) Cat. 64, 279 ss.: Advenit Chiron portans silvestria dona.

[3]) Schol. Apoll. Rh. I, 554. IV, 813. Ovid. Met. II, 636.

[4]) Unter den Kleidungsstücken der Frauen, wie öfter auf den Vasenbildern des archaischen Styls, fällt eins besonders in die Augen, das nach Art einer kurzen ärmellosen Jacke lose und ohne Anschluss nach unten über der Brust sitzt. Allen ohne Ausnahme, selbst den Männern, sind die Haare sauber frisirt.

[5]) Hesiod. Theog. 902.

[6]) Jahn, Einl. Münch. Vas. p. CLVII.

[7]) Overbeck, Heroengall. p. 200.

[8]) Heydemann in den Ann. d. Inst. 1868, Tav. d'agg. D, p. 232.

[9]) Overbeck, ant. Schriftquellen 315.

[10]) Jahn, Einl. Münch. Vas. pp. CCIII, CCIV, CCXVII, CCXXXI.

im Mythus vom Peleus und der Thetis eine Hauptperson ist[1]), lieber an **dieser** Stelle als an **der**, welche ihr von den Erklärern in dieser grossen Götterprocession angewiesen worden (s. u.). Indessen nützt es nicht, hierüber mehr vorzubringen, da die allein entscheidende Inschrift dieser Figur verloren gegangen. Neben den Pferden schreiten Nereus und Doris, die Eltern der Thetis, beide mit Inschriften versehen. Sie sehen sich nach den auf dem Wagen stehenden beiden Frauen um, als ob sie ihnen etwas mitzutheilen hätten. Nereus, der durch das spärliche Haar vorne auf der Stirn als Greis charakterisirt ist, deutet mit erhobenem linken Arm und Zeigefinger nach vorne hin, als ob er sagen wolle „Wir sind am Ziel; sehet ihr dort das Thetideion?" Und Doris, die Mutter, hebt den langen Schleier, der vom Haupte herunterhängt, als ob sie sich bei der Wendung rückwärts zu den Hauptgottheiten des Wagens hin das Gesicht frei machen wolle. Auf dem sechsten, weit besser erhaltenen Wagen stehen Hermes und Maja neben einander, ersterer bärtig und in der Linken das Kerykeion, in der Rechten das Kentron. Neben dem Wagen (und zwar von der Anordnung bei den übrigen Gespannen abweichend auf der rechten Seite desselben, also dem Beschauer ganz und gar sichtbar) schreiten die Moiren, jedoch nicht ihrer drei, sondern vier. Da nun aber nur drei Moiren bekannt sind[2]), so haben die Erklärer der François-Vase in der vierten Frau neben den Moiren entweder Themis, oder Tyche oder Eleithyia erkennen wollen[3]). Das siebente Gespann fehlt fast ganz. Heydemann vermuthet hier l. c. Pluton und Persephone, und neben ihnen Aeakos und Endeis[4]), die Eltern des Peleus. Dem siebenten Wagen folgt, leider nicht mehr ganz erhalten, Okeanos auf einem Hippokampen reitend; in drolligster Weise aber bildet den Schluss der werktüchtige Hephaistos mit Zange und einem andern Werkzeug, welcher wegen seiner übel gerathenen Beine nicht marschieren kann und daher, wie auch in andern Scenen, und auf derselben Vase ein zweites Mal, auf ein Maulthier gesetzt ist[5]).

Ueberblickt man nun diesen aus den Vasenbildern zu schöpfenden reichen Kreis von Vorstellungen des Peleus- und Thetis-Mythus, so wird man Preller Recht geben, wenn er sagt (griech. Myth. II, 398), dass jene Darstellungen uns für den Verlust so vieler alter hierhergehöriger Poesien einigermassen zu entschädigen im Stande seien. Und Otto Jahn (Münch. Katalog p. CLII ff.) bemerkt bei Gelegenheit der François-Vase, dass die feierliche Procession zur Behausung des Peleus und der Thetis, für welche andere alte Kunstwerke wohl Analogien, aber kein Beispiel von solchem Umfange bieten dürften, uns eine Vorstellung davon geben könne, mit welcher Ausführlichkeit und Pracht im alten Epos die Theilnahme müsse geschildert worden sein, während in den späteren Poesien, die andere Motive hervortreten liessen, nur Anklänge daran enthalten seien[6]). Auf das alte Epos ist nun allerdings bei diesen Peleus- und Thetis-Darstellungen im Allgemeinen schon oft hingewiesen worden[7]), im Einzelnen jedoch sind diejenigen Umstände, die hiezu berechtigen, bis jetzt nicht zusammengestellt. Da nun aber in den Darstellungen dieses Mythus die Einflüsse sehr verschiedener Zeiten und Auffassungen in offenbarer Weise zu Tage treten, so werden wir nur

---

[1]) Welcker, gr. Götterl. III, p. 20.

[2]) Hes. Theog. 905.

[3]) Jahn, Einl. Münch. Vas. Anmkg. 1075.

[4]) Nach jüngeren Genealogen ist Endeis die Tochter des Cheiron und der Chariklo. Preller, gr. Myth. II, 395. Anmkg. 1.

[5]) So auch Dionysos cf. Jahn, Münch. Vas. Einl. p. CLXIV.

[6]) So z. B. Pind. Pyth. III, 93. Nem. IV, 66. V, 22. Eur. Iph. Aul. 707. 1040 ff. Catull. LXIV. 265 ff.

[7]) Jahn, Münch. Vas. Einl. CLVI, CLXV, CLXVI, CLXVII, CLXX, CCI, CCVII, CCXXI, CCXXV. Overbeck, l. c. 171 ff.

dadurch zu einer Zusammenstellung der für das Epos als Quelle sprechenden Kriterien gelangen können, dass wir vorher mittels einer genaueren Feststellung des Classenunterschiedes der Vasenbilder alle späteren dem Epos fremdartigen Elemente auszuscheiden suchen. Wir werden deshalb gut thun, in rückläufiger Bewegung nicht mit dem Anfang, sondern mit dem Ende der Entwickelung der griechischen Vasenmalerei zu beginnen.

Die letzte Spitze derselben wird bekanntlich durch den sogenannten malerischen Styl repräsentirt. Diese Bezeichnung hat Brunn in seinen Vorlesungen dem nur theilweise passenden „unteritalischen Styl“, wie er von Jahn l. c. CCXVIII—CCXXXIII charakterisirt ist, substituirt. Wie richtig dies ist, beweisen sofort mehrere Bilder unseres Mythus. Denn Vasen wie die von Kameiros, Athen (N. 38) und Kertsch (s. u. p. 29) repräsentiren zwar dieselbe geistige Richtung, denselben auf das Pompöse zielenden malerischen Charakter wie die unteritalischen Bilder[1]), unterscheiden sich aber doch wieder sehr wesentlich, besonders durch die geschlossenere Compositionsweise[2]), von der laxeren, flüchtigeren und gleichsam innerlich und äusserlich zerfliessenden Manier der letzteren. Der Anmuth und Grazie der ersteren gegenüber wird man bei einem Bilde wie dem der apulischen Amphora (N. 37), welchem die korinthische Vase (N. 3) im Styl sehr nahe zu stehen scheint, des Wortes bei Jahn l. c. CCXXI eingedenk: „Man glaubt mit Menschen zu verkehren, deren Natur weniger edel, deren Bildung weniger fein ist.“

Auf allen diesen Bildern des malerischen Styls treten uns nun Elemente entgegen, die sich mit dem älteren Epos nicht in Einklang bringen lassen. Dahin gehört, wie Jedem beim ersten Blicke gleich klar werden muss, eine solche Veränderung der ganzen Scene und besonders der Hauptgruppe wie die auf der Vase von Kameiros, die zu den die erotischen Scenen bevorzugenden Vasen mit Goldschmuck gehört[3]). Der Gedanke, den Raub der Braut in eine Ueberraschung beim Bade umzugestalten, erscheint als eine so weit von den einander ziemlich ähnlichen Darstellungen der älteren Bilder abweichende spätere Auffassung, als eine so gründliche Veränderung des Kerns der Sage, dass sie selbst den anderen Vasen des malerischen Styls gegenüber, die doch alle mehr oder minder frei den Mythus behandeln, als ein non plus ultra bezeichnet werden muss und einzig in ihrer Art dasteht. Diese Darstellung entspricht nicht dem Wesen der älteren Poesie, die in würdiger Schlichtheit die Handlung als Glied einer grossen Kette weiterer Ereignisse erzählt und in erster Reihe diesen Zusammenhang vor Augen hat, sondern dem Geiste einer späteren und sinnlicheren Zeit, die, statt sich um jenen Zusammenhang zu kümmern, die Scene isolirt und nach ihrem Geschmack umändert, indem sie an Stelle der Schilderung des Thatsächlichen in der alten Erzählung die psychologische Motivirung treten lässt und auf die Ausmalung der entfesselten Leidenschaft, erotischen Erregtheit und Entfaltung alles Sinnenreizes das Hauptgewicht legt. Sie ist somit, wenngleich noch fern von Frivolität, doch bereits dem Geiste späterer Dichtungen analog[4]) zu einer rein erotischen Angelegenheit umgewandelt. Dieser Charakter eines blossen Liebes-Abenteuers wird noch durch die Hinzufügung der Aphrodite, Peitho und des Eros verstärkt: Figuren, die schon von Otto

---

[1]) Jahn, l. c. CLXXXIX.

[2]) Jahn, l. c. CCXIX.

[3]) Jahn, l. c. CCI. Vasen mit Goldschmuck. Festgruss an Ed. Gerhard. Leipzig 1865. Arch. Ztg. N. F. VI, 1873, p. 49.

[4]) Dahin gehört z. B. das auf griechischer Grundlage ruhende Epithalamium Catulls LXIV, sowie die Erzählung des Ovid. Met. XI, 235:

  Est specus in medio, natura factus, an arte,
  Ambiguum, magis arte tamen, quo saepe venire
  Frenato delphine sedens, Theti, nuda solebas
  Illic te Peleus, ut somno vincta jacebas,
  Occupat.

Jahn als die Kennzeichen späterer Kunstauffassungen und als speciell dem Boden der lyrischen Poesie erwachsene Anschauungen charakterisirt sind. Jahn l. c. CCII: „Ganz besonders ist es Eros, der, als ein geflügelter Jüngling dargestellt — erst später wird er mehr knabenhaft —, nicht allein bei eigentlichen Liebesscenen thätig ist, sondern als der Repräsentant der Anmuth und des Liebreizes, welche zunächst auf körperlicher Schönheit und Jugendfrische beruhen, dann auch in jeder angeregten und begeisterten Stimmung, als der eigentliche Seelenerreger überall zugegen ist, wo im Verkehr beider Geschlechter, im Frauengemach und im Gymnasium, im Bad und beim Wein, unter Göttern und Sterblichen Schönheit und Anmuth, Begeisterung und Leidenschaft lebendig sich entfalten." Ferner p. CCIV: „Das Bestreben, das innere Leben, besonders die erregtere Stimmung, als unter göttlichem Einfluss stehend plastisch darzustellen, hat dann nach und nach eine Menge von Personificationen hervorgerufen, deren wir eine ganze Reihe durch die Vasenbilder kennen lernen. Nicht blos Eros erscheint, sondern auch die ihm verwandten Pothos und Himeros, und aus derselben Wurzel entsprossen Phthonos[1]). Besonders um Aphrodite sammelt sich ein Kreis verwandter daimonischer Persönlichkeiten, welche alles, was das Leben anmuthig und reizend, genussreich und behaglich macht, darstellen; ausser Peitho, die ihr am nächsten verwandt ist, Tyche, Eudaimonia, Harmonia, Hygieia, Eukleia, Eunomia, Paidia, Pandaisia, Pannychis[2])." Sodann p. CCIII: „Man kann (in dieser Annäherung zwischen Göttern und Menschen) eine innere Vewandtschaft mit der lyrischen Poesie nicht verkennen; nur dass man allerdings nicht eine directe Uebereinstimmung in einzelnen Motiven oder Wendungen der Sagen erwarten darf. Sowie die Lyriker die Sage nicht rein objectiv erzählen, sondern sie anwenden, insoweit sie zum Ausdruck subjectiver Stimmungen geeignet ist und sie demgemäss motiviren und umbilden, so geht ihr Bestreben überhaupt dahin, das Verhältniss des menschlichen Empfindens, Denkens und Thuns zu dem göttlichen Willen so darzustellen, dass die Götter nicht bloss von aussen her factisch in das Schicksal der Menschen eingreifen, sondern dass eine gegenseitige innere Beziehung zwischen beiden die Voraussetzung der göttlichen Einwirkung auf das menschliche Thun und Leiden wird. Sie stehen daher in einem beständigen persönlichen Verkehr mit den Göttern, auf dem alle menschlichen Dinge beruhen und dessen Darstellung den Kern ihrer Poesie bildet. Die Durcharbeitung des Sagenstoffes wie der practischen Lebensverhältnisse und des gemüthlichen Lebens in diesem Sinne, welche ihren poetischen Ausdruck in der lyrischen Poesie fand, hat ebenfalls die Auffassungsweise der bildenden Kunst hervorgerufen, die wir in vielen Vasenbildern erkennen. Wenn man z. B. die Art, wie Eros bei Jbykos und Anakreon und in vielen Vasenbildern erscheint, sich vergegenwärtigt, so wird man eine ganz analoge Anschauungsweise finden[3]), die um so viel bestimmter hervortritt, wenn man die spielende Art, mit welcher die Eroten in späteren Gedichten der Anthologie und der Anakreonteen, sowie in manchen römischen Wandgemälden und Reliefs dargestellt werden, damit vergleicht[4])."

Doch nicht bloss die schon bei den älteren Lyrikern gang und gäbe sciende Personificirung des Eros, der Peitho und anderer die Affecte vertretender Wesen, sondern auch die persönliche Behandlung derselben in den späteren Tragödien[5]), die das erotische Element als den „Haupthebel des

---

[1]) Cf. Kekulé, Strenna festosa. Roma 1867, p. 9.

[2]) Cf. die Anmkg. 1340 bei Jahn l. c.

[3]) In der Anmkg. 1337 vergleicht Jahn ein Vasenbild (Anmkg. 823) mit dem Fragment 14 (Bergk).

[4]) Welcker, kl. Schriften II, 361—381.

[5]) So z. B. Anrufung der Aphrodite bei Eur. Hippol. 1268 ff. Med. 632 ff. (vgl. Preller. gr. Myth. 394. Anmkg. 4). Iphig. Aul. 55 ff. Phaet. Fr. 781 (Dindorf); vgl. dazu Welcker, gr. Tragg. II, p. 601. Anrufung des Eros bei Soph. Antig. 781 ff. Eur. Hippol. 525 ff. Andromeda Fr. 132 (Dindorf), vgl. gr. Tragg. II, 655. 668. Peitho persönlich gefasst bei Aesch. Suppl. 1040. Eum. 885. 970. Niobe Fr. 156 (Dindorf). Sophokl. Fr. 743 (Dindorf). Eur. Antig. Fr. 170 (Dindorf). Vgl. auch Aristoph. Lys. 203, wo sie angerufen wird.

tragischen Pathos" (Jahn l. c. CCXXVI, 1415) verwandten, besonders die Anrufung der Aphrodite und des Eros in den Chören und an anderen Stellen derselben, wird in der gleichzeitigen und nachfolgenden Kunst nicht ohne Einfluss auf die Darstellungen dieser Gottheiten innerhalb des einen oder andern Mythus gewesen sein.

Um aber auf die Vase von Kameiros zurückzukommen, bemerken wir noch, dass mit der vorher berührten gänzlich veränderten Auffassung des Mythus im Geiste einer jüngeren Zeit auch alle anderen Aeusserlichkeiten des Bildes, wie die Vielfarbigkeit, der Goldschmuck, die sinnlich schönen nackten Körperformen und die effectvollen Gewandungen der beiden Göttinnen im besten Einklang stehen. Auch haben die fliehenden Nereiden nichts mit denen der älteren Bilder gemeinsam; als beim Bade aufgeschreckte schöne Frauen entsprechen sie mit Ausnahme der einen, die wie Aphrodite und Peitho mehr als Gewandfigur wirken soll, durchaus der Auffassung der Thetis, welche, wie schon bemerkt, ganz und gar an die bekannte Statue der kauernden Aphrodite (Vénus accroupie) [1] erinnern soll.

Dieses Bild gehört somit zu den bei Otto Jahn l. c. CCXXIV und CCXXV aufgezählten Beispielen, die im Gegensatz zu der früheren Auffassung und Bedeutung der Mythen im Epos eine „gänzlich veränderte Stellung der bildenden Kunst zu dem mythischen Stoff" darthun [2]).

Das gleiche gilt von den übrigen bedeutenderen Bildern des malerischen Styls, obwohl die Hauptgruppe auf allen noch etwas von der älteren Darstellung des Brautraubes bewahrt hat. Der Unterschied ist nur der, dass Peleus nicht, wie dies in einer mehr oder minder übereinstimmenden Weise auf allen älteren Bildern wiederholt ist, sich erst bückt, um die Thetis an den Knieen zu umfassen, sondern in gleicher Höhe mit ihr sie um die Schultern herum zu ergreifen sucht. (NN. 3. 37. 38. Compte rendu 1869, T. IV, 3.)

Unter letzteren ragt das von Stephani l. c. publicirte Fragment einer Vase von Kertsch [3]) an Feinheit und Eleganz der Zeichnung am meisten hervor. Von Peleus (*ΠΗΛΕV . .*) selbst sehen wir nur noch den schönen Kopf mit vollem, in der Erregung aufwärts gewelltem Haupthaar, das an den Achilles der Patroklos-Vase (Mon. d. Inst. IX, 22. 23) erinnert; von Thetis (*. . ΕΤΙΣ*) dagegen, die Peleus ähnlich wie auf der unteritalischen Vase N. 37 unterhalb ihrer Arme um die Schultern herum umfasst und in die Höhe gehoben hat, ist etwas mehr erhalten. Sie wendet das schöne langlockige Haupt Hülfe suchend von Peleus ab und breitet erschreckt die Arme aus. Unterhalb ihres rechten Arms wird der Kopf eines den Peleus angreifenden Panthers oder Löwen sichtbar, oberhalb desselben der Schwanz eines Drachens (wenn die Zeichnung nicht trügt). Im Felde über diesen beiden Hauptfiguren ist links das Fragment einer wie im Schrecken davon eilenden bekleideten weiblichen Figur sichtbar, zu Häupten aber des mit einander ringenden Paars ein ganz erhaltener schönlockiger Eros, der mit ausgebreiteten Flügeln und Armen auf das Haupt der Thetis zufliegt, als ob er beruhigend und Liebe einflössend seine Hände darüber legen möchte. Dieser letztere ist nun ebenso wie der malerische Styl der Zeichnung ein Kriterium für die jüngere mehr erotische und dem Geist des alten Epos entgegenstehende Auffassung des Mythus, wobei freilich nicht ausser Acht zu lassen ist, dass leider nur ein Fragment der schönen Vase vorliegt. In dieser

---

[1]) Müller. Hdb. § 377, 5.

[2]) Vgl. besonders die in demselben Geiste umgewandelten Darstellungen des Mythus vom Pelops und der Hippodameia in den Ann. d. Ind. 1840, p. 171 ss. T. d'agg. N. (Ritschl) und Ann. d. Inst. 1850, p. 330 ss. Mon. d. Inst. V, T. XXII (Brunn).

[3]) Compte rendu de la comm. impér. arch. pour l'ann. 1869 T. IV, 3. Auf derselben Tafel findet sich noch ein anderes Fragment mit einer weiblichen Figur *ΘΕΤΙΣ*, womit wir aber für unsere Zwecke nichts anfangen können. Da mir der Compte rendu selber nicht zur Hand war, so hatte Herr Professor Brunn die Güte, mir auf meine Bitte eine Durchzeichnung dieser Fragmente zu schicken.

Hinsicht sind wir an den nachfolgenden, an Schönheit freilich dahinter zurückstehenden Bildern des malerischen Styls besser berathen.

Ein ganz merkwürdiges Monument ist die aus Athen stammende, zwar ebenfalls fragmentirte, im Wesentlichen aber die Composition trotzdem überall erkennen lassende Vase des brittischen Museums, deren Bild in einem Streifen rund um das Gefäss läuft und eine Reihe neuer, wie mir scheint, auf specifisch attische Einflüsse führender Momente enthält (Overb. N. 38, Taf. VIII, 1). Die ganze Composition zerfällt in drei Theile, die Hauptgruppe in der Mitte, welche die ἁρπαγή darstellt, und zwei Nebengruppen; sie lässt sich mittels Zeichen folgendermassen am besten anschaulich machen:

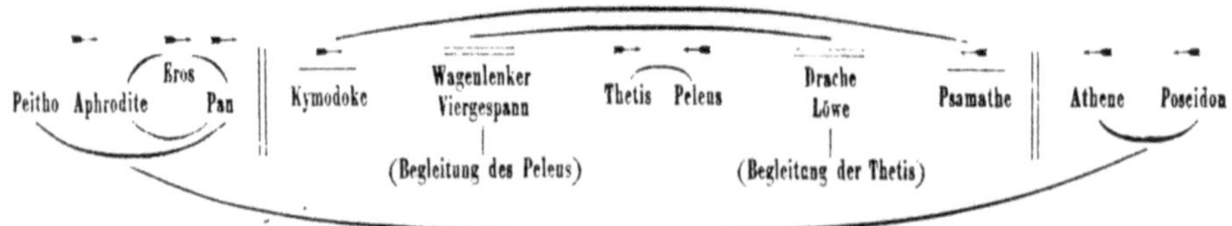

So stossen im Rund die beiden Enden des Bildes an einander, Poseidon wendet der Peitho den Rücken zu, ist aber ausserdem noch durch einen aufrechtstehenden langen Baumzweig von ihr geschieden, den die Erklärer für einen Oelbaum ausgeben, der aber einem Lorbeer ähnlich sieht und offenbar nur die auch schon durch die Richtung angedeutete Trennung verstärken soll. Die Ungleichheit der Figuren-Zahl in den einzelnen rechts und links sich entsprechenden Theilen wird wie bei den Thiergruppen durch die gleiche Ausdehnung im Raume, und bei den beiden Nebengruppen nicht bloss durch diese, sondern auch auf der einen Seite durch die grössere und auf der andern Seite durch die geringere Bedeutung der Gottheiten wieder ausgeglichen. Als neue Elemente der Composition erscheinen den andern Bildern gegenüber zunächst schon in der Hauptgruppe zwei Umstände, erstens die Trennung der beiden angreifenden Thiere von dem ringenden Paar, mit dem sie sonst verflochten sind, und ihre unverhältnissmässige Vergrösserung im Vergleich zu andern Bildern; und zweitens die Hinzufügung des Wagenlenkers mit seinem Viergespann.

Dieses Viergespann in proleptischer Weise als eine Erinnerung an das dem Peleus von Seiten des Poseidon zur Hochzeit gemachte Geschenk zu nehmen, das in den beiden Rossen Xanthos und Balios [1]) bestand, dazu ist gar keine Veranlassung. Sehen wir aber daraufhin die Kunstwerke an, so werden wir sagen müssen, dass es auf dieser athenischen Vase ebenso wie auf einer ganzen Reihe anderer, meistentheils dem malerischen Styl angehörender Vasen, welche Brautwerbungen darstellen, nichts weiter ist als das bei Scenen dieser Art typisch gewordene Zwei- oder Viergespann, das hier die Thetis aufnehmen soll, sobald sie sich dem Manne ergeben haben wird [2]). Dieses Viergespann fällt nun aber auf unserer Vase durch seine Schönheit, sowie durch die lebhafte Bewegung seiner Rosse, vor allem aber dadurch, dass es nahe am Centrum einen verhältnissmässig

---

[1]) Jl. XVI, 148. 381. 867. XVII, 448. XIX, 400. XXIII, 277. Apollod. III, 13, 5,

[2]) Jahn, Münch. Vas. CCXXIII. Müller-Wieseler, A. D. I, 213. Mon. d. Inst. VI, T. XII, Ann. d. I, 1857, p. 342. — Gerhard, Vase du Meidias, Berl. 1840. Millin, Gall. myth. T. 94. Brunn, Gesch. d. gr. K. II, 707 ff. — Mon. d. Inst. VIII, T. III, Ann. d. I. 1864, p. 83 ff. — Mon. d. Inst. IX, T. XXVIII, Ann. d. Inst. 1871, p. 111. Ebendort andere Beispiele. — Compte rendu 1861, T. V, 1. Vgl. ferner die Ciste in den Mon. d. Inst. VIII, TT. XXVIII. XXIX mit der Fortführung des Chrysippos, und den Raub der Proserpina auf Sarkophagen, Ann. d. Inst. 1873, TT. d'agg. E—H. (Förster). Müller-Wieseler A. D. II, T. IX.

sehr grossen Raum einnimmt, so sehr in die Augen, dass man noch mehr als bei der Vase Mon.
d. Inst. VI, T. XII. Ann. d. Inst. 1857, p. 346 zu der Meinung versucht sein möchte, dem Maler
habe in erster Reihe an der gefälligen und schmuckreichen Darstellung dieses Gespanns gelegen,
und nur ihm zu Liebe sei er von der herkömmlichen Weise in der Bildung der die Thetis ver-
theidigenden beiden Thiere, des Meerdrachen und des Löwen, abgewichen, indem er letzteren der
Symmetrie halber denselben Raum wie dem Viergespann zu Theil werden liess. Schon dieser
Umstand beweist, dass es dem Maler auf die ernstere Fassung des alten Mythus nicht ankam, sondern dass er in einer mehr spielenden Weise den Hauptnachdruck auf Nebendinge im Bilde legte.
Noch mehr aber wird letzteres, wie mir scheint, durch die Seitengruppe links vom Beschauer dar-
gethan. Hier zeigen wiederum die Figuren des erotischen Elements, Aphrodite, Peitho und Eros,
deren derbe und untersetzte Körperbildungen, besonders die der beiden Frauengestalten, gegen die
feinere Zeichnung der Rosse auffallend abstechen, zur vollen Genüge, welcher Art der Grundton in
der Darstellung des Mythus ist. Vielleicht aber wird das erotische Element an dieser Stelle selbst
noch durch die Gestalt des Pan verstärkt. Denn, wie es mir wenigstens so vorkommen will, hat
der Maler denselben weniger deswegen in die unmittelbare Nähe der Aphrodite gerückt, um in ihm
eine den Vorgang im Freien bezeichnende Localandeutung zu geben [1]), als vielmehr deshalb, weil
er unter dem Einfluss jener späteren Anschauung stand, die den wilden Feld- und Waldgott auf
eine höhere, den übrigen Göttern viel näher gerückte Stufe erhoben und ihn speciell in eine engere
Beziehung zur Aphrodite und deren Kreise gesetzt hatte [2]). Für viele Vasenbilder dieser Art mag das
gelten, was Michaelis Ann. d. Inst. 1871, 185 ff. bei Gelegenheit der figurenreichen Patroklos-Vase
aus Canosa [3]) bemerkt, wo Pan in der oberen Figurenreihe neben Hermes und Athene erscheint:
„Ora se a queste due divinità in terzo luogo si aggiunge Pan, distinto da due bianche e piccole
corna sulla fronte e munito di clava, di siringa e di pelle di fiera, non c'ingegneremo di cercare in
rimoto simbolismo od in scherzi etimologici la cagione della sua presenza, ma ci ricorderemo piut-
tosto della predilezione, con cui l'arte ceramografica della Magna Grecia dà un posto a quel dio
anche ove a noi non è dato di scoprire nè un motivo intrinseco della parte che potrebbe prendere
all' azione principale nè una cagione esterna come p. e. a rappresentare la natura silvestre del
luogo“. Indessen bei solchen Vasen wie den grossen Prachtvasen aus Ruvo N. 3256 bei Heydemann
Neapl. Vasens. [4]), wo Aphrodite, Eros und Pan (alle drei von Poseidon und Athene in die Mitte genommen) in der oberen Figurenreihe neben einander erscheinen, ferner N. 350 bei Stephani, Petersb.
Vasens. [5]), wo Pan im oberen Theil des Triptolemos-Bildes der Aphrodite, Peitho und dem Eros gegenüber-
gestellt ist, und N. 424 ebendaselbst (Darstellung der Unterwelt) [6]), wo Aphrodite, Eros und Pan einander

---

[1]) Vgl. die Vasen mit Pan in Heydemanns Neapler Vasens. und Stephani's Petersburger Vasens. -- Vgl.
ferner das Epitheton ἄκτιος des Pan bei Welcker, gr. Götterl. II, 662. Preller, gr. Mythol. I, 359, 2. 584. 4.

[2]) Darauf weist schon Welcker, gr. Götterl. II, 655, Anmkg. 44 hin. Vgl. ferner Preller, gr. Myth. I, 586.
Stephani, Parerga arch. 14, 564. Mélanges gréco-rom. I, 542. 549. 560. 566. Bull. de la classe des sc. hist. philol. et
polit. de l'acad. impér. des sc. d. St. Petersbourg. Tome XII, p. 289 (1855). Herr Prof. Matz in Halle hatte auf meine
Bitte die Güte, Stephanis Aufzeichnungen für mich nachzusehen. Dort sind folgende Vasen notirt: 1) Berl. Mus. Ghd.
Uned. Bw. T. 115. Panofka Argos Panoptes 4, 1. — 2) Mon. d. Inst. V, T. XXII, — 3) Overb. Heroeng. T. VIII, 4.
— 4) Vase des Kunsthändlers Barone. Mon. di Barone, 18. — 5) Lukanische Vase, Mon. d. Inst. IV, T. XIV (Poseidon und
Amymone). — 6) Ghd. Apul. Vasenbb. T. VIII (Bellerophon). — 7) Vase Jatta (Niobiden) Bull. Nap. I, T. 3. —
8) Mon. d. Inst. II, T. XXX. — 9) Mon. inéd. Raoul-Rochette, pl. XXXXV.

[3]) Mon. d. Ind. VIIII, tavv. XXXII. XXXIII. Ann. d. J. 1871, tavv. d'agg. M—P. Heydemann Neapl
Vasens. N. 3254.

[4]) Mon. d. Inst. II tavv. XXX (XXXI. XXXII).

[5]) Compte rendu 1862 pl. 4. 5. p. 54. Vgl. N. 690 bei Heydemann l. c.

[6]) Compte rendu 1862, p. 157. 1863, p. 265. 268. Raoul-Rochette Mon. inéd. pl. XXXXV.

ganz nahe gerückt sind, ferner bei dem Bilde Mon. d. Inst. V, T. XXII (Pelops und Hippodameia), sowie Mon. d. Inst. IV, T. XIV (lukan. Vase mit Poseidon und Amymone) wo die drei zuletzt genannten Gottheiten ebenfalls sich neben einander befinden: bei solchen Bildern, sage ich, scheint mir ein Hinweis auf die spätere Verbindung des Pan mit der Aphrodite und ihrem Kreise nicht ohne Weiteres übersehen werden zu dürfen, zumal uns Pan auf allen diesen Vasen ebenso wie auf der athenischen Vase beim Raube der Thetis in jener vollkommnen Jünglingsgestalt vor die Augen tritt, die ihm erst in der späteren Zeit eigen geworden ist, und um derentwillen ihn die Alten im Gegensatz zu dem bocksbeinigen *Αἰγίπαν* als *Διόπαν* bezeichnet zu haben scheinen[1]. Diese Bildung aber in einer der Verbindung mit den höheren Göttern geziemenden Jünglingsgestalt werden wir, wie schon Welcker, gr. Götterl. II, 656, vermuthet, vorzugsweise seiner Verehrung in Tempeln zuzuschreiben haben. Bekannt ist, wie ihm gerade in Athen nach der Schlacht bei Marathon[2] ein besonderer Gottesdienst eingerichtet wurde und wie sein Cultus dergestalt daselbst zunahm[3], dass Lucian über 600 Jahre später den Pan selber zum Hermes sagen lassen konnte Dial. deor. XXII, 3: πρώην δὲ καὶ Ἀθηναίοις συμμαχήσας οὕτως ἠρίστευσα Μαραθῶνι, ὥστε καὶ ἀριστεῖον ἠρέθη μοι, τὸ ὑπὸ τῇ ἀκροπόλει σπήλαιον. ἢν γοῦν ἐς Ἀθήνας ἔλθῃς, εἴσῃ ὅσον ἐκεῖ τοῦ Πανὸς ὄνομα.

Auf ein paar Stellen aber gerade bei athenischen Schriftstellern und Dichtern (cf. Welcker l. c.), die den Pan nach seiner thierischen Darstellung bezeichnen, braucht deshalb kein so hohes Gewicht gelegt zu werden, weil ihnen auf unserer Vase N. 38 ein inschriftlich beglaubigter rein menschlicher Pan (wenngleich noch mit vollem, aufstrebenden und so noch an seine ursprüngliche Wildheit erinnernden Haupthaar als ein ἀγλαέθειρος αὐχμήεις Hym. Hom. XIX, 5. 6.) von der Hand eines athenischen Malers gegenübergesetzt werden kann. Ihn hier nun als eine blosse Localbezeichnung zu fassen, dagegen spricht nicht bloss die lebens- und ausdrucksvolle, hervorragende und in keiner Weise zurücktretende Stellung desselben neben den zuschauenden Gottheiten (während Localbezeichnungen bekanntlich seitwärts oder oberhalb und unterhalb des Mittelbildes zurückzutreten pflegen)[4], sondern auch der durchaus antiepische Charakter des Bildes, dem die Beziehungen auf die ältere Auffassung des Mythus, bei der allerdings auch das Local nicht ausser Acht gelassen zu werden pflegt, nun einmal ganz ferne liegen. Wie mag auf diesem Bilde in dem Pan der Berg Pelion bezeichnet sein sollen, wenn nicht einmal Cheiron, der für den Mythus viel wichtigere Bewohner des Berges, zugegen ist, dem wir doch nicht bloss auf älteren, sondern sogar auf vielen jüngeren Vasenbildern des malerischen Styls begegnen? Dazu kommt nun, dass auch die in der Aphrodite, Peitho, dem Eros und Pan gegebenen künstlerischen Motive, die wir keineswegs vernachlässigen dürfen, auf eine für sich bestehende Gruppe führen, die nur lose mit der Hauptgruppe in Verbindung gesetzt worden und bezüglich deren ich den Gedanken an eine Spielerei des Malers nicht ganz unterdrücken kann. Es ist, um es gleich zu sagen, in dieser Gruppe auf der athenischen Vase mehr Leben und Bewegung als in den entsprechenden Zusammenstellungen der unteritalischen Vasen, wo Aphrodite, Peitho und Pan als blosse Zuschauer erscheinen und sich nicht weiter um einander kümmern. Hier

---

[1] Benndorf in den Ann. d. Inst. 1866, p. 112. C. Inscr. 4538.

[2] Herod. VI, 105. Welcker l. c. 655 ff. Müller, Hdb. § 387, 6.

[3] Welcker l. c. erblickt in dieser Zunahme seines Cultus ein Sinken der Religion überhaupt.

[4] Vgl. unter vielen Beispielen nur die beiden Satyrn auf der schönen Jo-Vase Mon. d. Inst. II, T. LIX, Overbeck, Atlas z. Kunstmythol. T. VII, 16; sowie die Personificationen der λειμῶνες auf dem Pompej. Wandgemälde das von Helbig auf den ἱερὸς γάμος des Zeus und der Hera gedeutet worden, Ann. d. Inst. 1864, p. 270 ff. Wandgemälde p. 33, N. 114. Overbeck l. c. T. X, 28; endlich die Localnymphe *NEMEA* auf der Archemoros-Vase Nouv. Ann. de l'Inst. I, p. 352 ss. Mon. inéd. pl. V. Overbeck Heroengall. p. 114. T. III, 3; und *ΕΛΕΥΣΙΣ* auf dem Triptolemos-Bilde Mon. d. Inst. IX, T. XLIII. Vgl. dazu Brunn in den Ann. d. Inst. 1850, p. 333 ss. und Kekulé in den Ann. d. Inst. 1872, p. 227 ss., wo noch andere Beispiele der letzteren Art besprochen sind.

dagegen sind Aphrodite, Eros und Pan durch ihre verschiedenen Handbewegungen offenbar in eine gewisse Beziehung zu einander gesetzt. Warum streckt die sitzende Aphrodite den linken Arm nach Pan aus? was will der demonstrirende Zeigefinger ihrer Rechten? Sie und die Peitho achten gar nicht auf die Hauptdarstellung in der Mitte, auf die Entführung der Thetis, sondern es ist, als ob sie für sich etwas mit einander abzumachen hätten. Peitho, sich hinten an den Stuhl ihrer Herrin lehnend, wendet ihr Gesicht anscheinend etwas verstimmt ab, und zwar gleichsam aus der Bildfläche heraus dem Beschauer entgegen. Noch mehr aber ist Eros zu beachten; von der Hauptscene der $\dot{\alpha}\varrho\pi\alpha\gamma\dot{\eta}$ ganz abgesondert wirkt er für sich in dieser Seitengruppe, nur für diese interessirt. Wenngleich auf Aphrodite zufliegend, wendet er sein Gesicht doch nicht der Göttin, sondern dem Pan zu und hält ihm mit seiner ausgestreckten Linken einen Apfel hin[1]), den aber Pan gar nicht beachtet. Letzterer ist nämlich — und zwar hierin noch ganz seiner ursprünglichen Feld- und Waldnatur entsprechend, die auf alles draussen Vorgehende lauscht — ganz Aug' und Ohr für den Vorgang in der Mitte des Bildes. Die Linke hebt er schützend über die Augen ($\dot{\alpha}\pi\sigma\sigma\kappa\sigma\pi\tilde{\omega}\nu$), um so gut als irgend möglich den Raub der Thetis sehen zu können, und mit dem Gestus der Rechten, der neben Staunen und Gespanntheit auch die Abwehr jeder Störung sehr wohl bezeichnen kann, scheint er das, was Aphrodite und Eros eben von ihm wollen, noch abzuweisen. Dies ist der Eindruck der in diesen Figuren gegebenen Motive, dem man sich, wie ich meine, nicht völlig entziehen kann. Wenigstens wird man mir den Gegensatz, der sich auch in diesem Punkte zwischen der

---

[1]) Der Apfel ist der Aphrodite heilig und das Zeichen der Wahl und der Liebe, Boetticher Baumcultus p. 245 ff. 460. Welcker. gr. Götterl. II, 720. Preller, gr. Myth. I, 290, 1. 440. 315. Schoemann, gr. Alterth. II, 533, 2. Aphrodite mit einem Apfel in der Hand bei Müller-Wieseler, D. d. a. K. II, 263a. 266. 272 c. d. 273. Müller Hdb. § 374, 1, 3. Das bekannte $\mu\eta\lambda\sigma\beta\sigma\lambda\varepsilon\tilde{\imath}\nu$ behielt seine aphrodisische Bedeutung als ein „$\varepsilon\dot{\imath}\varsigma\ \dot{\alpha}\varphi\varrho\sigma\delta\dot{\iota}\sigma\iota\alpha\ \delta\varepsilon\lambda\varepsilon\dot{\alpha}\zeta\varepsilon\iota\nu$" bis in die spätesten Zeiten; vgl. Arist. Nub. 997. Theokr. II, 120. III, 10. V, 88. VI, 6. Plato bei Diog. L. I, 23: $T\tilde{\wp}\ \mu\dot{\eta}\lambda\wp\ \beta\dot{\alpha}\lambda\lambda\omega\ \sigma\varepsilon\cdot\ \sigma\dot{\upsilon}\ \delta'\varepsilon\dot{\iota}\ \mu\dot{\varepsilon}\nu\ \dot{\varepsilon}\kappa\sigma\tilde{\upsilon}\sigma\alpha\ \varphi\iota\lambda\varepsilon\tilde{\iota}\varsigma\ \mu\varepsilon,\ \delta\varepsilon\xi\alpha\mu\dot{\varepsilon}\nu\eta,\ \tau\tilde{\eta}\varsigma\ \sigma\tilde{\eta}\varsigma\ \pi\alpha\varrho\vartheta\varepsilon\nu\dot{\iota}\eta\varsigma\ \mu\varepsilon\tau\dot{\alpha}\delta\sigma\varsigma.\ \varepsilon\dot{\imath}\ \delta'\ \ddot{\alpha}\varrho',\ \ddot{\sigma}\ \mu\dot{\eta}\ \gamma\dot{\iota}\gamma\nu\sigma\iota\tau\sigma,$ $\nu\sigma\varepsilon\tilde{\iota}\varsigma,\ \tau\sigma\tilde{\upsilon}\tau'\ \alpha\dot{\upsilon}\tau\dot{\sigma}\ \lambda\alpha\beta\sigma\tilde{\upsilon}\sigma\alpha,\ \sigma\kappa\dot{\varepsilon}\psi\alpha\iota\ \tau\dot{\eta}\nu\ \ddot{\omega}\varrho\eta\nu\ \dot{\omega}\varsigma\ \dot{\sigma}\lambda\iota\gamma\sigma\chi\varrho\dot{\sigma}\nu\iota\sigma\varsigma.$ Philostr. Imag. I, 6 (Jakobs-Welcker, p. 11, 27 ff. u. p. 238 ff.): $O\dot{\imath}\ \gamma\dot{\alpha}\varrho\ \kappa\dot{\alpha}\lambda\lambda\iota\sigma\tau\sigma\iota\ \tau\tilde{\omega}\nu\ \text{'}E\varrho\dot{\omega}\tau\omega\nu\ \dot{\iota}\delta\sigma\dot{\upsilon}\ \delta\dot{\eta}\ \tau\dot{\varepsilon}\tau\tau\alpha\varrho\varepsilon\varsigma,\ \dot{\upsilon}\pi\varepsilon\xi\varepsilon\lambda\vartheta\dot{\sigma}\nu\tau\varepsilon\varsigma\ \tau\tilde{\omega}\nu\ \ddot{\alpha}\lambda\lambda\omega\nu,\ \sigma\dot{\iota}\ \delta\dot{\upsilon}\sigma\ \mu\dot{\varepsilon}\nu\ \alpha\dot{\upsilon}\tau\tilde{\omega}\nu\ \dot{\alpha}\nu\tau\iota\pi\dot{\varepsilon}\mu\pi\sigma\upsilon\sigma\iota\ \mu\tilde{\eta}\lambda\sigma\nu$ $\dot{\alpha}\lambda\lambda\dot{\eta}\lambda\sigma\iota\varsigma,\ \dot{\eta}\ \delta\dot{\varepsilon}\ \dot{\varepsilon}\tau\dot{\varepsilon}\varrho\alpha\ \delta\upsilon\dot{\alpha}\varsigma,\ \dot{\sigma}\ \mu\dot{\varepsilon}\nu\ \tau\sigma\xi\varepsilon\dot{\upsilon}\varepsilon\iota\ \tau\dot{\sigma}\nu\ \ddot{\varepsilon}\tau\varepsilon\varrho\sigma\nu,\ \dot{\sigma}\ \delta\dot{\varepsilon}\ \dot{\alpha}\nu\tau\iota\tau\sigma\xi\varepsilon\dot{\upsilon}\varepsilon\iota.\ K\alpha\dot{\imath}\ \sigma\dot{\upsilon}\delta\dot{\varepsilon}\ \dot{\alpha}\pi\varepsilon\iota\lambda\dot{\eta}\ \tau\sigma\tilde{\iota}\varsigma\ \pi\varrho\sigma\sigma\dot{\omega}\pi\sigma\iota\varsigma\ \ddot{\varepsilon}\pi\varepsilon\sigma\tau\iota\nu,$ $\dot{\alpha}\lambda\lambda\dot{\alpha}\ \kappa\alpha\dot{\imath}\ \sigma\tau\dot{\varepsilon}\varrho\nu\alpha\ \pi\alpha\varrho\dot{\varepsilon}\chi\sigma\upsilon\sigma\iota\nu\ \dot{\alpha}\lambda\lambda\dot{\eta}\lambda\sigma\iota\varsigma,\ \ddot{\iota}\nu'\ \dot{\varepsilon}\kappa\varepsilon\tilde{\iota}\ \pi\sigma\upsilon\ \tau\dot{\alpha}\ \beta\dot{\varepsilon}\lambda\eta\ \pi\varepsilon\lambda\dot{\alpha}\sigma\eta.\ K\alpha\lambda\dot{\sigma}\nu\ \tau\dot{\sigma}\ \alpha\ddot{\iota}\nu\iota\gamma\mu\alpha\cdot\ \sigma\kappa\dot{\sigma}\pi\varepsilon\iota\ \gamma\dot{\alpha}\varrho\ \varepsilon\ddot{\iota}\ \tau\iota\ \xi\upsilon\nu\dot{\iota}\eta\mu\iota$ $\tau\sigma\tilde{\upsilon}\ \zeta\omega\gamma\varrho\dot{\alpha}\varphi\sigma\upsilon\cdot\ \varphi\iota\lambda\dot{\iota}\alpha\ \tau\alpha\tilde{\upsilon}\tau\alpha,\ \tilde{\omega}\ \pi\alpha\tilde{\iota},\ \kappa\alpha\dot{\imath}\ \dot{\alpha}\lambda\lambda\dot{\eta}\lambda\omega\nu\ \ddot{\iota}\mu\varepsilon\varrho\sigma\varsigma.\ O\dot{\imath}\ \mu\dot{\varepsilon}\nu\ \gamma\dot{\alpha}\varrho\ \delta\iota\dot{\alpha}\ \tau\sigma\tilde{\upsilon}\ \mu\dot{\eta}\lambda\sigma\upsilon\ \pi\alpha\dot{\iota}\zeta\sigma\nu\tau\varepsilon\varsigma,\ \pi\dot{\sigma}\vartheta\sigma\upsilon\ \ddot{\alpha}\varrho\chi\sigma\nu\tau\alpha\iota.$ $\text{"}O\vartheta\varepsilon\nu\ \dot{\sigma}\ \mu\dot{\varepsilon}\nu\ \dot{\alpha}\varphi\dot{\iota}\eta\sigma\iota\ \varphi\iota\lambda\dot{\eta}\sigma\alpha\varsigma\ \tau\dot{\sigma}\ \mu\tilde{\eta}\lambda\sigma\nu,\ \dot{\sigma}\ \delta\dot{\varepsilon}\ \dot{\upsilon}\pi\tau\dot{\iota}\alpha\iota\varsigma\ \alpha\dot{\upsilon}\tau\dot{\sigma}\ \dot{\upsilon}\pi\sigma\delta\dot{\varepsilon}\chi\varepsilon\tau\alpha\iota\ \tau\alpha\tilde{\iota}\varsigma\ \chi\varepsilon\varrho\sigma\dot{\iota},\ \delta\tilde{\eta}\lambda\sigma\nu\ \dot{\omega}\varsigma\ \dot{\alpha}\nu\tau\iota\varphi\iota\lambda\dot{\eta}\sigma\omega\nu\ \varepsilon\dot{\imath}\ \lambda\dot{\alpha}\beta\sigma\iota,\ \kappa\alpha\dot{\imath}$ $\dot{\alpha}\nu\tau\iota\pi\dot{\varepsilon}\mu\psi\omega\nu\ \alpha\dot{\upsilon}\tau\dot{\sigma}.\ T\dot{\sigma}\ \delta\dot{\varepsilon}\ \tau\tilde{\omega}\nu\ \tau\sigma\xi\sigma\tau\tilde{\omega}\nu\ \zeta\varepsilon\tilde{\upsilon}\gamma\sigma\varsigma,\ \dot{\varepsilon}\mu\pi\varepsilon\delta\sigma\tilde{\upsilon}\sigma\iota\nu\ \ddot{\varepsilon}\varrho\omega\tau\alpha\ \ddot{\eta}\delta\eta\ \varphi\vartheta\dot{\alpha}\nu\sigma\nu\tau\alpha.\ K\alpha\dot{\imath}\ \varphi\eta\mu\dot{\imath}\ \tau\sigma\dot{\upsilon}\varsigma\ \mu\dot{\varepsilon}\nu\ \pi\alpha\dot{\iota}\zeta\varepsilon\iota\nu\ \dot{\varepsilon}\pi\dot{\imath}$ $\tau\tilde{\wp}\ \ddot{\alpha}\varrho\xi\alpha\sigma\vartheta\alpha\iota\ \tau\sigma\tilde{\upsilon}\ \dot{\varepsilon}\varrho\tilde{\alpha}\nu,\ \tau\sigma\dot{\upsilon}\varsigma\ \delta\dot{\varepsilon}\ \tau\sigma\xi\varepsilon\dot{\upsilon}\varepsilon\iota\nu\ \dot{\varepsilon}\pi\dot{\imath}\ \tau\tilde{\wp}\ \mu\dot{\eta}\ \lambda\tilde{\eta}\xi\alpha\iota\ \tau\sigma\tilde{\upsilon}\ \pi\dot{\sigma}\vartheta\sigma\upsilon.$ Verg. Ecl. III, 64. Prop. I, 8, 24. Bei dem späten Kolouthos, $\text{'}E\lambda\dot{\varepsilon}\nu\eta\varsigma\ \dot{\alpha}\varrho\pi\alpha\gamma\dot{\eta}$, wo auch Peitho v. 28 im Gefolge der Götter erscheint, die die Hochzeit des Peleus und der Thetis besuchen (ohne aber dass uns dies zu dem Schlusse auf eine Entlehnung aus dem ganz alten Epos der Kyprien berechtigte) wird der Apfel v. 66 $\kappa\tau\dot{\varepsilon}\varrho\alpha\varsigma\ \text{'}E\varrho\dot{\omega}\tau\omega\nu$ genannt. Eros Aepfel pflückend ausserdem bei O. Jahn, arch. Beitr. 191. Müller, Hdb. § 391, 5. Stephani, Petersb. Vasens. N. 1788. Auf einem Neapler Vasenbilde (Heydemann N. 2372) fliegt Eros mit einem weissen Apfel auf eine Frau zu; auch sonst ist er öfter auf Vasen, einen oder mehrere Aepfel in der Hand oder in einer Schale haltend, oder sonst irgend wie dazu in Beziehung stehend dargestellt, Stephani, Petersb. Vasens. NN. 1169. 1181. 1190. 1276. 1278. 1481. 1559. 1563. Bei den NN. 1559 und 1563 ist Stephani zweifelhaft, ob Eros mit einem Apfel oder einem Ball spiele, wie denn überhaupt Ball und Apfel. wenn ersterer nicht, wie in den meisten Fällen, eine buntgemusterte pila picta ist, bisweilen schwer von einander zu unterscheiden sind, vgl. bei Müller-Wieseler l. c. N. 676, bei Stephani l. c. 2248. In der That sind die Vasenbilder, wo Eros mit einem Ball spielt, oder ein Ball neben ihm abgebildet ist, sehr zahlreich, vgl. Heydemann l. c. N. 2872 (mit der Inschrift $\kappa\tau\eta\sigma\alpha\nu$ (?) $\mu\sigma\iota\ \tau\alpha\nu\ \sigma\varphi\iota\varrho\alpha\nu$) und Stephani l. c. NN. 340. 408. 768. 1198. 1203. 1221. 1234. 1249. 1297. 1659. 1666. Vgl. dazu das Fragment Anakr. 14 (Bergk):

$\Sigma\varphi\alpha\dot{\iota}\varrho\eta\ \delta\eta\tilde{\upsilon}\tau\varepsilon\ \mu\varepsilon\ \pi\sigma\varrho\varphi\upsilon\varrho\dot{\varepsilon}\eta$
$\beta\dot{\alpha}\lambda\lambda\omega\nu\ \chi\varrho\upsilon\sigma\sigma\kappa\dot{\sigma}\mu\eta\varsigma\ \text{"}E\varrho\omega\varsigma$
$\nu\dot{\eta}\nu\iota\ \pi\sigma\iota\kappa\iota\lambda\sigma\sigma\alpha\mu\beta\dot{\alpha}\lambda\wp$
$\sigma\upsilon\mu\pi\alpha\dot{\iota}\zeta\varepsilon\iota\nu\ \pi\varrho\sigma\kappa\alpha\lambda\varepsilon\tilde{\iota}\tau\alpha\iota.$

Allein jene Zweifel walten mit Recht nur bei solchen Bildern ob, wo wirklich ein Spielen damit dargestellt ist. (Auf

athenischen Vase und den oben citirten Vasen von Grossgriechenland zeigt, zugeben müssen. Erwägt man nun die dem sinnlich erregten Wesen des Waldgottes entsprechenden späteren Liebesgeschichten [1]), von denen die eine ihn auch mit der Peitho zusammenführt und durch diese zum Vater der Jynx macht [2]), bedenkt man ferner die im späteren Cultus mehrfach vorkommende Verbindung dieser besonders auch in Athen gefeierten Gottheiten [3]), so wird man sich beim Anblick unserer Gruppe kaum des Gedankens entschlagen können, der athenische Maler sei mit allen den eben erwähnten Umständen gewiss hinlänglich vertraut gewesen und habe daraufhin auf unserer Vase sein eignes Spiel mit diesen Figuren getrieben, und zwar so: Aphrodite, die Göttin der Liebe, will den Pan mit der Peitho zusammengeben und Eros reicht ihm, jenem gewiss auch dem Maler dieser Vase bekannten späteren [4]) Zug im Paris-Urtheil analog, den Apfel hin, damit er ihn seiner Schönsten ($τῇ καλλίστῃ$) [5]) reiche. Pan aber hat in diesem Augenblicke noch nicht Zeit, er muss erst sehen, wie Peleus und Thetis mit einander fertig werden, und deshalb macht er mit seiner Rechten den Gestus des Abwehrens. Dieses geringe Interesse ihres Liebhabers aber wirkt augenscheinlich störend auf die Stimmung der Peitho, und selbst Aphrodite scheint ein betroffenes Gesicht dazu zu machen. So hätten wir neben dem Hauptbilde, dem Raube der Thetis, eine zweite Liebesgeschichte, die nur ganz äusserlich durch die Haltung des Pan mit ersterer verbunden wäre.

Ich weiss sehr wohl, dass die heutige Archäologie Erklärungen solcher Art, wie die eben aufgestellte, die, was ich zugeben muss, allerdings nicht mit völliger Gewissheit begründet werden kann, im Gegensatz zu früheren Zeiten, wo der Willkür Thor und Thür geöffnet war, nur sehr

der Vase N. 560 S. A. bei Heydemann l. c. sollte ich meinen, könnte nur von einem Apfel die Rede sein.) Auf unserer Vase N. 38 aber ist nicht die geringste Andeutung von einem Spielen mit dem betreffenden Gegenstande gegeben und scheint mir deshalb auch an einen Ball in der Hand des Eros durchaus nicht gedacht werden zu dürfen. Vgl. das Kinder-Ballspiel auf dem Relief in den Ann. d. Inst. 1857 T. d'agg. BC.

[1]) Preller, gr. Myth. p. 284, Anmkg. 4; 583 ff. 586. Welcker. gr. Götterl. II, 661. Vgl. Lucian, dial. deor. XXII, 4. Ἐρωτικὸς ὁ Πάν: Schol. Aristoph. Lysistr. 910.

[2]) Vgl. Schol. Pind. Nem. IV, 56. Schol. Theocr. II, 17. Suid. Phot. s. v. Ἴυγξ. Tzetz. ad Lycophr. 310: Ἴυγξ γυνὴ ἦν πρότερον, θυγάτηρ Πειθοῦς ἢ Ἠχοῦς καὶ Πανός, φαρμακεύουσα δὲ τὸν Δία εἰς τὸν Ἰοῦς πόθον ὑφ' Ἥρας διωκομένη ἀπωρνεώθη. Jynx steht als Liebeszauberin der Peitho sehr nahe. Die älteste Erwähnung von dem Vogel Jynx, der, auf ein magisches Rad gelegt und mit diesem gedreht, ein Liebe erregendes Zaubermittel sei, findet sich bei Pind. Pyth. IV, 213 ff. Vgl. dazu Xenoph. mem. III, 11, 17. Jahn in d. Ber. d. Verh. d. k. sächs. G. d. W. philol.-hist. Cl. 1854, p. 117. Der Scholiast zu Theocr. II, 17, sagt von der Jynx: φασὶν αὐτὴν ἐν τῇ φύσει ἐρωτικήν πειθώ. Echo ist gewiss erst später und nur deshalb, weil auch sie eine Geliebte das Pan war, zur Mutter der Jynx gemacht worden, vgl. Jahn, Peitho p. 15, Anmkg. 65.

[3]) Müller, Hdb. f. 387, 7, 7. Preller, l. c. I, p. 399. Welcker l. c. II, p. 665. — Pan und Aphrodite hatten einen gemeinschaftlichen Altar in Olympia, Paus. V, 15, 4. Peitho neben der Aphrodite Pandemos verehrt in Athen, Paus. I, 22, 3; Isokr. π. ἀντιδ. 249. Peitho in Sikyon auf dem Markte verehrt, Paus. II, 7, 7. Vgl. Welcker, gr. Götterl. III, 202 ff., der eigne Ansichten über die Peitho in Athen und Sikyon entwickelt. Vgl. ebendaselbst p. 230. Ueber Pan in Athen s. Welcker, l. c. II, p. 654 ff. Jene Anschauung, die den Pan zu den höheren Göttern gesellte, wird auch die Ausbildung und Erweiterung seiner Mythen zur Folge gehabt haben; und wir dürfen annehmen, dass diese damals, als der Geschmack sich dem Erotischen in der Kunst und Poesie zuzuneigen begann, anfingen populär zu werden. Ein aus Athen nach Göttingen gelangtes (freilich nur roh gearbeitetes) Relief (Nachr. d. k. Ges. d. W. in Göttingen 1873 p. 525) zeigt einen jugendlichen Pan, der in der Mitte einer Höhle sitzt. Unten auf dem Relief sitzt Aphrodite halbnackt auf einem Felssitz, neben ihr stehen zwei Altäre; vor ihr befinden sich drei Eroten; der eine scheint unwillig zu ihr geführt zu werden.

[4]) Preller l. c. II, 412, Anmkg. 1. Welcker, A. D. V, 379 ff. Nitzsch, Beitr. z. ep. P. p. 202. Lucian. dial. deor. XX, 1. dial. mar. V, 1. Preuner, Greifswalder Winckelmanns-Programm, 1873, meint, dass in den Mythus vom Paris-Urtheil der Apfel erst nach der Entstehung der Aphrodite von Melos, deren linke Hand einen Apfel gehalten habe, aufgenommen sei.

[5]) Nach dem Bilde müsste freilich Peitho als eher eine $αἰσχίστη$ denn als eine $καλλίστη$ bezeichnet werden.

schwer anerkennt. Und im Ganzen und Grossen gewiss mit vielem Recht; auch habe ich mich selbst lange darüber bedacht, ob ich diese Vermuthung niederschreiben solle oder nicht, und wohl erwogen, dass man mir jene schon erwähnte ansehnliche Reihe grossgriechischer Vasen entgegenhalten werde, auf denen Aphrodite, Peitho, Pan und Eros, entweder alle oder doch theilweise bei einander in der oberen Götterreihe, die O. Jahn bekanntlich auf den Einfluss des Theologeions bei der Aufführung von Tragödien zurückführt[1]), in der That kaum mehr als die Rolle von ziemlich bedeutungslosen Statisten inne haben[2]) und nur den Prunk der ganzen Darstellung vermehren sollen: indessen ist mir je länger je mehr der Gegensatz dieser schon durch ihre Inschriften[3]) so sehr hervorragenden Vase im Vergleiche zu den erwähnten unteritalischen Vasen vor die Augen getreten, und ich gebe deshalb sowohl noch den Umstand zu bedenken, dass aus den unbedeutenderen grossgriechischen Vasen, die hier in Betracht kommen, für eine bedeutendere und anscheinend auch viel ältere athenische Vase desselben malerischen Styls wohl weniger eine Regel abgeleitet werden dürfte, als umgekehrt aus dieser für jene, als ich auch daran erinnern will, dass höchst wahrscheinlich nicht schon gleich am Anfange der Entwicklung dieses Vasenstyls die in die Darstellung hineingezogenen Götter als blosse Zierfiguren angesehen und behandelt wurden. Wenigstens möchte ich unsere athenische Vase, die mir in der That dem Anfange der Entwicklung des malerischen Styls viel näher zu stehen scheint als die einschlägigen unteritalischen Vasen von Ruvo und sich auch dadurch von ihnen unterscheidet, dass die ganze Composition in einer einzigen Figuren-Reihe rund ums Gefäss läuft, als einen Beleg für den zuletzt angedeuteten Umstand ansehen. Deshalb wage ich noch einen Schritt weiter zu gehen, und sage, dass der athenische Vasenmaler, der nicht bloss in der Hauptgruppe mit allerlei Nebendingen spielte, sondern seine Laune auch in der die ganze Darstellung zu einer erotischen Angelegenheit stempelnden linken Seitengruppe walten liess, sehr wohl durch die Bedeutung dieser erotischen Gottheiten für den Cultus in Athen dazu veranlasst sein konnte, und dass dies noch wahrscheinlicher wird durch die Gegenüberstellung der Athene und des Poseidon in der rechten Seitengruppe, die als attische Landesgottheiten im Cultus wie im Mythus und in der Kunst bekanntlich oft genug zusammengeführt worden sind[4]). Wenigstens scheint mir in der Betrachtung der Athene und des Poseidon auf grossgriechischen Vasen, wo ihnen allerdings jede Beziehung auf das attische Local ferne liegt und wo sie meistentheils nur zum Schmuck des Ganzen dienen, wegen der oben entwickelten Gründe noch kein stichhaltiger Gegenbeweis gegen unsere für die athenische Vase N. 38 aufgestellte Vermuthung zu liegen[5]). Dieser ganzen Darlegung gegenüber gebe ich freilich gerne zu, dass, wie Herr Prof. Brunn mich in einem freundlichen Briefe daran erinnert, „der Pan auf Vasenbildern ein Thema ist, das noch einmal gründlich im Zusammenhange behandelt werden muss, und dass sich, ehe dies nicht geschehen, für den einzelnen Fall die grösste Zurückhaltung empfehlen wird". Leider aber finde ich in diesem Augenblick nicht die Zeit dazu, auch ist mir nicht alles hiezu erforderliche Material zur Hand; und deshalb stehe ich nicht an, meine eben entwickelten Ideen vorläufig ihrem Schicksal zu überlassen.

Auf den für einen Oelbaum ausgegebenen Lorbeerzweig hinter Poseidon, der nur dazu dient,

---

[1]) Münch. Vas. Einl. p. CCXXVII.

[2]) Jahn. l. c. CCXXXI meint freilich auch hier die Vereinigung dieser Gottheiten auf locale Culte zurückführen zu dürfen.

[3]) Corp. Inscr. gr. IV, 8353.

[4]) Welcker gr. Götterl. I, 312. II. 287 ff., 290 ff.. 301. Preller gr. Myth. I, 161. 172. 181. II, 137. Michaelis, Parthenon, p. 178 ff.

[5]) Ueber den Einfluss des Attischen auf die Kunstwerke vgl. Jahn, Münch. Vasens. Einl. CCXIII, CCXIV. Pop. Aufs. p. 351. Ann. d. Inst. 1857, p. 314 (Brunn).

die Gottheiten der einen und der anderen Seite von einander zu trennen, ist, wie schon bemerkt, kein weiteres Gewicht zu legen.

Nach dieser Uebersicht dürfen wir nun sagen, dass sich der antiepische Charakter unseres Vasenbildes in einer nach zwei Richtungen hin ausgesprochenen tendentiösen Behandlung der ganzen Scene offenbart, erstens in der durch die erotischen Elemente bewirkten Verallgemeinerung des Ganzen zu einer blossen Liebes-Angelegenheit, und zweitens, wie ich glaube, in dem Hervorheben attischer Elemente, wie sich das besonders in der Zusammenstellung der Athene und des Poseidon, vielleicht aber auch nicht weniger in der Hervorhebung des schönen Viergespanns[1]) zeigt.

Nicht völlig so frei und unabhängig von der älteren Tradition sind die übrigen Bilder des malerischen Styls behandelt, wenngleich auch sie wie die NN. 3 (Korinth) und 37 (Apulien) durch die Hereinziehung der Aphrodite und des Eros in die Composition sowie durch die üppige Behandlung der durchscheinenden Gewänder und theilweisen Entblössung der weiblichen Körper[2]) das erotische Element und somit die Auffassung der Scene als Liebesabenteuer zur Hauptsache machen. Die aus älteren Quellen geflossenen und auch besonders auf den älteren Bildwerken immer wieder vorkommenden Figuren der Composition sind Cheiron und Nereus. Selbstverständlich aber ist daraus noch nicht zu schliessen, dass sie nun auch wirklich den älteren Quellen direct entlehnt seien. Im Gegentheil dürfen wir annehmen, dass sich diese beiden Gestalten meistentheils wohl ganz unabhängig von den Poesien nur von den älteren Malereien her in den Darstellungen der jüngeren Kunst erhalten haben, wie sie ja auch auf denjenigen Vasenbildern des malerischen Styls vorkommen, in denen das erotische Element keine Rolle spielt, und die nur durch den Styl die jüngere Zeit beurkunden. Dahin gehört z. B. die Darstellung unseres Mythus (Overb. N. 35) am Halse der grossen aus Ruvo stammenden Amazonenvase (Heydemann, Neapl. Vasens. N. 2421), wo Cheiron und Nereus (oder ist es statt des letzteren gar Zeus? S. u.) gegenwärtig sind, und vielleicht auch das Bild am Halse einer schwarzfigurigen unteritalischen Pracht-Amphora in München (Jahn, Münch. Vasens. N. 538), auf welcher neben Cheiron auch Hermes vorkommt[3]). Dem Hermes werden wir in einer weit ausdrucksvolleren Situation noch einmal auf einer Vase des archaischen Styls begegnen, auf der er in unzweifelhafter Weise mit der älteren Tradition des Mythus im Zusammenhange steht. Ob er auf der jüngeren Prachtvase in München etwa mit Anlehnung an ein älteres Vorbild in derselben Absicht dargestellt sei, wie auf ersterer, oder ob er vielmehr als eine Emanation jener dem Einfluss der Tragö-

---

[1]) Soph. Oed. Kol. 709 ss. (Dindorf): ἄλλον δ'αἶνον ἔχω ματροπόλει τῷδε κράτιστον, | δῶρον τοῦ μεγάλου δαίμονος, εἰπεῖν, χθονὸς αὔχημα μέγιστον, | εὔιππον, εὔπωλον εὐθάλασσον. | ὦ παῖ Κρόνου, σὺ γάρ νιν ἐς | τόδ' εἶσας αὔχημ', ἄναξ Ποσειδᾶν, | ἵπποισιν τὸν ἀκεστῆρα χαλινὸν | πρώταισι ταῖσδε κτίσας ἀγυιαῖς. | ἁ δ'εὐήρετμος ἔκπαγλ' ἁλία χερσὶ παραπτομένα πλάτα | θρώσκει, τῶν ἑκατομπόδων | Νηρῄδων ἀκόλουθος. Ibidem 1066 ss.: δεινὰ δὲ Θη σειδᾶν ἀκμά. | πᾶς γὰρ ἀστράπτει χαλινός, πᾶσα δ'ὁρμᾶται κατὰ | ἀμπυκτῆρι [⏑ ⏑ ⏑ —] | ἄμβασις, οἳ τὰν ἱππίαν | τιμῶσιν Ἀθάναν | καὶ τὸν πόντιον γαιάοχον | Ῥέας φίλον υἱόν. Vgl. Mich. Parth. p. 214, 216 ff. 223 ff. Vgl. Schneidewin zu Soph. Oed. Kol. 710 ff.

[2]) Jahn, Münch. Vasens. CCXXII.

[3]) Overbeck hat diese Vase übersehen; über den Charakter der Zeichnung aber giebt nur der kleine Katalog eine Notiz, p. 70 zu N. 530. Die Beschreibung bei Jahn l. c. lautet: „Peleus, nackt bis auf den Schurz, hält Thetis, welche die L. erhebt, mit beiden Armen umfasst; neben ihr steht Cheiron in der Chlamys, mit vollständigem Menschenleib und streckt die R. aus. Auf jeder Seite fliehen zwei Frauen mit erhobener Hand, indem sie sich umsehen; alle tragen Kopfbinden, einen dorischen Chiton und Ueberwurf. Links steht Hermes mit Chlamys, Stiefeln und Stab. Auf jeder Seite ein grosses Auge.“ Ueber die auch zur Zeit der freieren und freiesten Entwickelung der Kunst fortdauernde Malerei in schwarzen Figuren vergleiche man Jahn, Einl. z. Münch. Vasens. p. CLXXV ff.; Conze, Zur Gesch. der Anfänge gr. Kunst, p. 29 ff.; Brunn, Probleme z. Gesch. d. Vasenmalerei, p. 53 ff., wo an mehreren Beispielen nachgewiesen wird, dass sich trotz der schwarzen Farbe der Styl solcher Vasen zu vollster Freiheit entwickelt habe.

dien im Allgemeinen verdankten Richtung angesehen werden müsse, nach welcher, wie schon bemerkt, gerade auf den unteritalischen Vasen die Theilnahme der Götter und Göttinnen an dem Vorgange beliebt worden: das lässt sich nicht entscheiden. Letzteres aber dürfte bei der zur Zeit des späteren Styls gänzlich veränderten Stellung der bildenden Kunst zu dem mythischen Stoff das Wahrscheinlichere sein; und zwar würde diese Annahme auch für die schon erwähnte Vase N. 37 gelten dürfen, wenn wir in der singulären Jünglingsgestalt, die man ohne einen überzeugenden Anhalt Telamon genannt hat, das nachlässige Conterfei eines einer anderen Darstellung entlehnten Hermes annehmen könnten. Scheinen doch die vielfach nach Vorbildern arbeitenden[1] unteritalischen Vasenmaler ganz ebenso wie die etruskischen und römischen Steinmetzen bei der Behandlung ihrer Sarkophage gewisse Modelle gehabt zu haben, mit deren Hülfe sie ihre Bilder bald mit mehr, bald mit weniger Sinn und Geschmack zusammensetzten.

Eine ganz andere Behandlung und Auffassung des Mythus tritt uns in den eine ältere Stufe repräsentirenden und zwar auf der Gränze[2] des strengen und schönen Styls stehenden Vasen, NN. 36 und 44 bei Overbeck entgegen[3]. Beide Bilder zeigen eine einzige Figurenreihe, die rund um das Gefäss läuft, und zwar bei ersterer Vase in concentrischen Kreisen auf dem Deckel[4] derselben, bei letzterer in parallelen Kreisen um den Bauch[5]. Erstere zeichnet sich den übrigen in

Locri gefundenen Vasen entsprechend[6] durch grosse Accuratesse in der Zeichnung der Figuren sowie besonders durch eine ausserordentliche Zierlichkeit und Mannigfaltigkeit in der Detailmalerei der Gewänder aus, letztere dagegen ist einfacher und könnte für den ersten Augenblick in vielen Stücken, sowohl in dem Gegenstande überhaupt, wie in den Gewandungen und Bewegungen der Figuren an die mit dem Styl des Polygnot in Verbindung gebrachten Boreas-Vasen[7] erinnern, wenn hier nicht, soviel sich nach den Stichen urtheilen lässt, jener Unterschied vor die Augen träte, der zwischen einem die Naturwahrheit in aller Schlichtheit und Anspruchslosigkeit erstrebenden Original und einer gekünstelten Copie existirt, die mit ihren Effecten nur auf die momentane Täuschung eines oberflächlichen Beobachters ausgeht. Die Boreas-Vasen haben, wie Brunn

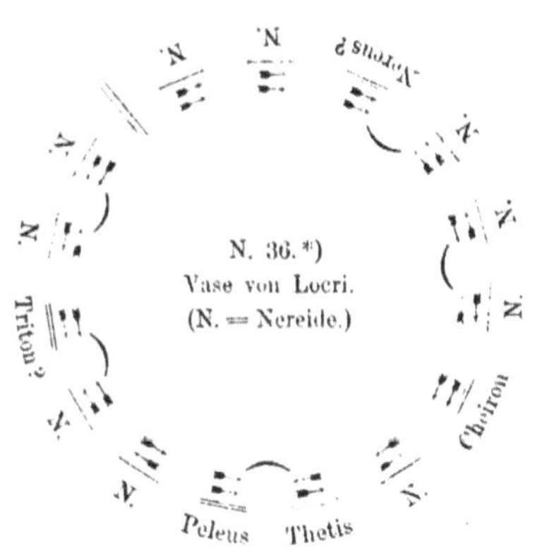

---

[1] Jahn, Münch. Vasens. Anmkg. 1404. Vergleiche die Bemerkungen Brunns in seinen troischen Miscellen p. 53 über das, wenngleich bisweilen in einer und derselben Composition zu verschiedenen Resultaten führende, so doch nach einer gemeinsamen schriftlichen oder mündlichen Anweisung geschehene Arbeiten der Vasenmaler, besonders der unteritalischen; ebenso die überzeugende Ausführung Strubes in seinen Studien über den Bilderkreis von Eleusis p. 97 ff. über die den späteren Vasenmalern zu Modellen dienenden κόραι der sogenannten κοροπλάσται. S. dazu Becker Charikles I, p. 31 ff.

[2] Jahn, Münch. Vasens. p. CLXXXVII, CXCVII. Anmerk. 1240. 1300 ff. Müller Hdb. §. 143, 2. 2.

[3] Mon. d. Inst. I, T. XXXVII. (Locri). XXXVIII (Vulci). Jahn l. c. p. CXVII, Anmerk. 858. Heydemann. Neapl. Vasens. N. 2638

[4] Vgl. die Figg. bei Jahn, l. c. T. II, 83 und Heydemann l. c. Taf. I, 20.

[5] Vgl. Jahn l. c. T. II, 82.

[6] Jahn, l. c. p. XXXIV. Jahn bezeichnet übrigens l. c. Anmerk. 1300, Heydemann entgegen, die Vase N. 36 als aus Nola stammend.

[7] Welcker A. D. III, 179 ff, Jahn l. c. p. CLXXXIV. Brunn, Probleme z. Gesch. d. Vasenmal. p. 48 ff. (§. 24). Nouvelles Annales de l'Inst. arch. Sect. franc. 1836. Vol. II. p. 358—396 pl. XXII. XXIII.

[*)] Das untere Zeichen ➤ oder ⇀ deutet die Richtung der Füsse an, das obere die des Kopfes.

N. 44.
Vase von Vulci.

Melite Speio   Glauke Kymothoe Peleus Thetis Nao Nereus?   Psamathe Kymatolege

l. c. überzeugend nachgewiesen hat, den Charakter der eben bezeichneten Copie, unsere Vase Nr. 44 aber besitzt alle Eigenschaften eines ungezwungenen Originals, dessen einfache, das natürliche Verhältniss zwischen Körper und Gewandung suchende Linienführung aus der ersten Hand kommt. Auch von der schönen Vase aus Locri möchte ich auf den Stich in den Monumenti d. J. hin die Angabe Müllers, Handb. § 143, 2, 2 „mehr in imitirter Weise“ nicht so ohne Weiteres unterschreiben [1]). Für diese Zeichnung darf schon gelten, was Brunn in seinen Problemen §. 25, p. 49 bemerkt: „Je weiter sich die Malerei zu voller Freiheit entwickelt, um so schwieriger wird es, gute Reproductionen von wirklichen Originalen zu unterscheiden.“

Mit dem strengeren Styl dieser beiden Vasen harmonirt auch die ganze Auffassung des Gegenstandes. Während den hervorragenderen Darstellungen des jüngeren malerischen Styls das erotische Element in theatralischer Weise sein Gepräge giebt, tritt hier die breite Entfaltung des unmittelbar unter dem Eindruck des Ereignisses stehenden aufgeschreckten Chors der Nereiden an die Stelle. Von diesen befinden sich auf Nr. 44 ausser der Thetis sieben, und zwar mit Namen versehen, auf Nr. 36 sogar ihrer zehn, jedoch ohne Namen. In den beiden Hauptfiguren, Peleus und Thetis, ist im Gegensatz zu den Vasen des malerischen Styls die schon angedeutete typische Darstellung der älteren Vasen und Reliefs wiederholt [4]), und indem sich alle übrigen Theile der Composition diesem Centrum unterordnen, athmet das Ganze zugleich die der ersten Blüthezeit griechischer Kunst eigenthümliche, sich an die ältere Erzählung anlehnende Simplicität und Züchtigkeit. Letztere giebt sich schon äusserlich in der vollen Gewandung zu erkennen. Doch nicht bloss dieser ganze innere Gehalt der Darstellung, sondern auch die schon hervorgehobene breite Entwickelung des Nereidenchors findet ihre Analogie in der Art und Weise, wie die altepische, speciell die homerische Poesie bei derartigen Anlässen zu schildern und auszumalen liebt. Als nämlich Thetis im späteren Verlauf der Sage, nach dem Tode des Patroklos, aus der Tiefe des Meeres emporeilt, um den Sohn über den Verlust des unersetzlichen Freundes zu trösten [3]), da lässt die Ilias zur Erhöhung des göttlichen Glanzes den ganzen Chor der Nereiden in langer namentlicher Aufzählung folgen [4]), unter ihnen auch die, welche auf unserer Vase Nr. 44 genannt werden, nur $K\upsilon\mu\alpha\tau o\lambda\acute{\eta}\gamma\eta$ [5]) ausgenommen. Dort in der Poesie wie hier auf unserm Bilde dient der reiche Chor zur Verherrlichung der ganzen Scene, und wir dürfen annehmen, dass, wenn diese Verse eher in die Ilias aufgenommen wurden, als die Kyprien entstanden, der Dichter dieser letzteren, der die $\dot{\alpha}\varrho\pi\alpha\gamma\acute{\eta}$ der Thetis in seinem Epos ohne Zweifel behandelte (s. w. u.), sich bei seiner Anlehnung an Homer jenen Zug der Ilias XVIII. 35 ff.

---

[1]) Merkwürdiger Weise sagt Müller hievon nichts bei der offenbar imitirenden Vase Mon. d. Inst. 1. XX. Die neueste Beschreibung der Vase aus Locri bei Heydemann N. 2638 giebt uns, wie das allerdings in Vasenkatalogen bisher auch nicht üblich gewesen ist, über das Stylistische leider keine näheren Andeutungen.

[2]) Heydemann, gr. Vasenb. T. VI, 1–3. Schoene, gr. Reliefs, T. XXX. XXXIV. 133.

[3]) Il. XVIII, 35 ff.

[4]) Vgl. Hes. Theog. 243 ff. Apollod. I, 2, 7. Hygin. Fab. p. 7 ff. Verg. Georg. IV. 336 ff. Aen. V. 826.

[5]) Hes. Theog. 253.

nicht entgehen liess, sondern denselben benutzte [1]). Doch das sei, wie es will: unter allen Umständen darf der Nereidenchor unserer Monumente als eine Analogie zu jener Stelle der Ilias betrachtet werden. Diese Analogie aber erlaubt uns, ihn als eine Erscheinung zu bezeichnen, welcher dieselbe Anschauung zu Grunde gelegen haben müsse wie der erwähnten Redaction von Ilias XVIII, 35 ff. Und denken wir ferner an die nachgeahmten Partien bei Vergil Aen. V, 820 ff. und Georg. IV, 336 ff., so glaube ich, gehen wir nicht zu weit, wenn wir den Nereidenchor unserer Monumente einen epischen Zug nennen, der freilich in jener ganz alten Sitte seinen Grund haben mag, nach welcher der Bräutigam die Braut mitten aus der Schaar ihrer Gespielinnen fort zu rauben pflegte [2]). Dieser Zug ist somit ein die ältere Auffassung des Mythus in den Vasenmalereien bestätigendes Element.

Hier ist es nun am Orte, auf die in suspenso gelassene langbekleidete Gestalt eines bekränzten bärtigen Mannes mit vollem Haupthaar zurückzukommen, der auf den beiden Vasen von Locri und Vulci unter den Nereiden erscheint, und der auf der ersteren ein längeres, auf der letzteren ein kürzeres Scepter trägt [3]). Ist es Zeus, oder ist es Nereus? Er gilt bis jetzt als Nereus, nur Heydemann nennt ihn auf der Vase von Locri, Neapl. Vasens. 2638, Zeus. Sehen wir die Gestalt an sich an, so hindert gar nichts, sie als Zeus zu bezeichnen, trotzdem dass ihr das Attribut der Blitze fehlt; man vergleiche nur zu diesem Zweck die einschlägigen sicheren Zeusfiguren auf den Vasenbildern im Atlas zu Overbeck's Kunstmythologie Taf. I, 18. 31. Taf. VIII, 11 und den zugehörigen Text der Kunstmythologie II, p. 28, 1. 182 FF. 516, N. 1. Der Gestus seiner nur wenig erhobenen Rechten könnte wie bei dem Cheiron desselben Bildes (s. o.) als der der Beruhigung oder einer gewissen εὐφημία gefasst werden, womit der Vater der Götter und Menschen seinen Willen zu erkennen gäbe. Es käme hinzu, dass Zeus schon nach der ganz alten Erzählung an der Vermählung des Peleus mit der Thetis nicht nur das grösste Interesse nimmt, sondern sie geradezu selber bewerkstelligt [4]). Und in der That: wenn es nicht Nereus ist, den wir in dieser Gestalt vor uns haben, so könnte es weiter Niemand sein als Zeus; wir dürften vergebens nach einer anderen Person im Kreise der Sterblichen wie der Himmlischen suchen, auch würde uns in Verbindung mit den übrigen epischen Eigenthümlichkeiten dieser Darstellung nichts mehr als die Gegenwart des Zeus selber bei dieser Begebenheit auf den Einfluss des alten Epos hinführen, in dem die Vermählung des Peleus mit der Thetis der Beschluss des Göttervaters war. Dabei wäre auf den Umstand, dass er auf N. 44 in einer für den Göttervater vielleicht etwas zu lebhaften Bewegung dargestellt ist, kein allzu grosses Gewicht zu legen: [5]) — allein es fehlt nun einmal ein absolut sicheres Kriterium, um die Deutung auf Zeus zu rechtfertigen; und wir müssen warten, bis neue Funde von Monumenten hier das nöthige Licht bringen.

Wie steht es aber mit der anderen Deutung dieser selben Gestalt auf Nereus? Für ihn spricht vor allen Dingen der Umstand, dass auch er als königlicher Meergreis Overb. Heroeng.

---

[1]) Die bekannte Kritik dieser Verse durch Zenodot kann hier nicht in Betracht kommen, da sie, ohnehin mit bedenklichen Gründen gestützt, kein Kriterium dafür abgiebt, wann und wie die Verse in die Ilias gelangten. F. A. Wolf und Spitzner liessen sie als echt stehen und Köppen wies dem Zenodot gegenüber auf den die Vollständigkeit und Genauigkeit liebenden Geschmack des Alterthums hin. Vgl. die Bemerkungen Düntzer's in seiner Ilias.

[2]) Schoemann, gr. Alterth. I, 280. II, 536, 4.

[3]) Vgl. über das Scepter Overbeck Kunstmythol. II, p. 186.

[4]) Il. XVIII, 431. Pind. Nem. IV, 61. V, 35—37. Isthm. VII. (VIII.) 47. Eur. Iph. Aul. 703. Catull. LXIV, 21. Schol. Pind. Nem. V, 62. 67. Wie Zeus bis ans Ende über das Schicksal des Peleus wacht, lesen wir in den letzten Versen der Andromache des Euripides, vgl. besonders 1269.

[5]) Vgl. z. B. Zeus und Ganymedes auf Taf. VIII, 11 in Overbecks Atlas zur Kunstmythologie.

T. VIII, 5. mit dem Scepter charakterisirt wird, und dass in d e n Scenen, welche die Verfolgung einer Braut darstellen, der Vater derselben ein typisches Motiv zu sein pflegt [1]). Hätten wir statt seiner auf N. 44 den Zeus zu erkennen, so würde Nereus selber ja ganz fehlen, was allerdings nicht wohl angeht. Ist aber Nereus auf N. 44 wirklich vom Maler in der fraglichen Gestalt beabsichtigt, so kann er auch sehr gut in der ähnlichen Gestalt auf N. 36 angenommen werden. Was aber beginnen wir dann mit dem fischleibigen Manne auf derselben Vase, der von Heydemann l. c. nach dem Vorgange de Witte's Nereus, von Overbeck, Heroengall. p. 190 Triton oder Glaukos genannt worden? Herr Professor Brunn, dem ich für mehrere freundliche Mittheilungen bei dieser Arbeit zu danken habe, schreibt mir darüber: „Den Fischleibigen auf T. VIII, 4 würde ich nicht Glaukos, sondern Triton nennen, wie wir in dem Ringkampf des Herakles einmal statt des Triton den Nereus mit Beischrift finden [2]). Seine halb oder, wenn Sie wollen, ganz überflüssige Gegenwart erkläre ich mir künstlerisch, d. h. einfach daraus, dass man zu dem Kentauren nach der feinen Definition als mezzo cristiano e mezza bestia als Gegenstück ein Wesen von gleichem Kaliber haben wollte." Es ist dies eine ansprechende Vermuthung; allein wenn nun der Maler dennoch in dem fischleibigen Manne wie in dem Bilde des Mus. Blacas pl. 20, wo ebenfalls eine Inschrift ihn als Nereus bezeugt, diesen letzteren gemeint wissen wollte, wer ist d a n n der bärtige Mann mit vollem Haupthaar und dem Scepter in der Hand? In diesem Falle allerdings kein anderer als Zeus. G e g e n ihn als Nereus spricht nämlich ganz besonders das v o l l e H a u p t h a a r. Nereus wird bekanntlich auf älteren (z. B. N. 45) wie auf allen jüngeren Bildern mit s p ä r l i c h e m und weissem Haupthaar als G r e i s [3]) dargestellt. Einen weissen Bart trägt nun freilich auch die fragliche Figur auf N. 36 [4]), allein d e r pflegt auch dem Zeus gegeben zu werden [5]). Im Uebrigen aber fehlt sowohl auf N. 36 wie besonders auf N. 44 jede bestimmtere Andeutung vom Charakter des Greises. Es ist vielmehr beide Male eine Gestalt in der Kraft und Würde des besten Mannesalters. Sollte aber Nereus, der z. B. auf dem älteren Bilde N. 45 und auf allen jüngeren Vasen, wie bemerkt, immer aufs Allerdeutlichste als Greis charakterisirt ist, gerade auf den der Zeit nach dazwischen liegenden Vasen auf der Gränze des strengeren und des schönen Styls n i c h t so dargestellt worden sein? Das ist nicht wahrscheinlich; auch beweist schon eine feine, der gleichen Kunstrichtung angehörende Nolaner Vase mit der Abschiedsscene des Achilles, dass dies nicht der Fall war [6]). Denn dort ist Nereus mit ganz weissem Haupthaar und Bart durch eine Beischrift gesichert. Somit wird bei den beiden eben besprochenen Figuren auf den NN. 36 und 44 vor der Hand auch die Deutung des Nereus so lange immer noch angefochten werden können,

---

[1]) O. Jahn, arch. Beiträge p. 29—31. Vgl. auch p. 40. Welcker, Nouvelles Annales de l'Inst. arch. Sect. franc. 1839. p. 360 ss. pl. XXII. XXIII. (A. D. III, p. 146 ff.). |Brunn, Ann. d I. 1857, 346 (Mon. d. Inst. VI, T. XII). Heydemann, Ann. d, I. 1871, p. 107 ss. 110 (Mon. d. Inst. VIII, Tav. XXVIII). Overbeck, Kunstmyth. II, p. 400. Atlas T. VI, 1.

[2]) Notice d'une coll. de vas. peints — de feu le Prince de Canino P. 1845. p. 7. n. 11. ähnlich n. 8. Müller, Hdb. §. 410, 5, 5 (p. 679). Vgl. die zu Brunns Ansicht passende Bemerkung Welckers, gr. Götterl. I, 651: „Nur durch Verwechslung geben ihm einige der späteren Vasengemälde nach der Beischrift die Rolle des Triton im Ringen des Herakles oder sonst, indem Vermischung und das Phantastische überhaupt nirgends freier walten als in diesem Gebiete der Seegötter." Welcker, kl. Schr. I, 84. A. D. III., 408, 7. 425, 11. Ueber die Doppelgestalt des Nereus s. o. p. 18, Anmerk. 6.

[3]) Preller, gr. Myth. I, 435, 4. Welcker, gr. Götterl. I, 620, 650. Brunn, troische Miscellen p. 61 ff.

[4]) Heydemann Neapl. Vasens. 2638.

[5]) Overbeck, Kunstmythol. II, p. 29.

[6]) Heydemann, Neapl. Vasens. N. 3352. Brunn, troische Miscellen p. 66. Die Abbildungen von den zum Theil wohl ohne Zweifel hierher gehörenden Vasen NN. 34. 35, 42, 43 sind mir leider nicht zur Hand, um über die Darstellung des angenommenen Nereus daselbst urtheilen zu können; die Beschreibungen aber lassen mich in der Sache. auf die es hier ankommt, im Stich.

als nicht, wie schon gesagt, irgend ein glücklicher Zufall n e u e aufklärende Denkmäler ans
Licht führt.

Von besonderem Interesse für die Frage nach dem Zusammenhang mit dem Epos ist, wie
dies auch von Overbeck, Heroengallerie p. 197, bereits hervorgehoben worden, die schon mehrmals
erwähnte in archaisirendem Styl gemalte Vase N. 45, welche dem brittischen Museum angehört.
Denn der bei der Vermählung des Peleus und der Thetis waltende höhere Wille des Schicksals
wird dort auf das Bestimmteste durch Hermes, den Boten des Epos und Verkünder der Rathschlüsse
des Zeus [1]) ausgedrückt. Die ganze Composition besteht aus zwei symmetrisch componirten Aussen-
bildern, die jederseits durch zwei mit dem Rücken einander entgegengestellte Hippokampen von einander geschieden sind, die aber aufs Ersichtlichste mit einander zusammenhängen.

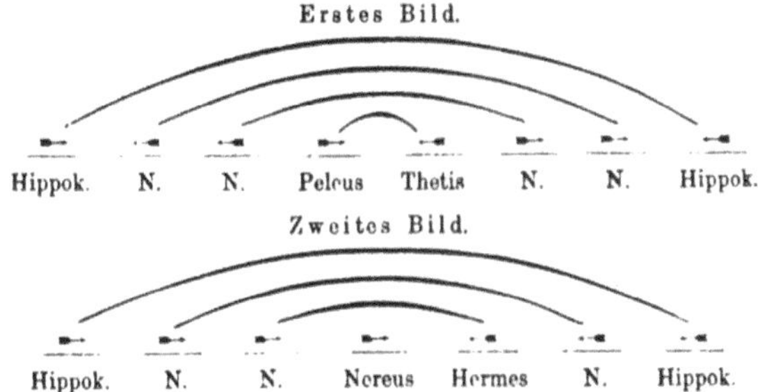

Die Beischriften der Thetis, des Hermes und des Nereus sind noch erhalten. Auf dem
ersten Bilde sind in der Mitte Peleus und Thetis in der typischen Weise der älteren Bilder mit einander ringend dargestellt. Thetis ist lang bekleidet, Peleus ist nackt, jedoch können hier vorge-
nommene Restaurationen, wie oben schon bemerkt worden, dies und das, vielleicht auch die angreifenden Thiere der Thetis, zerstört haben. Auf jeder Seite fliehen, wie dies ebenfalls auf vielen
archaischen Bildern so vorkommt, zwei langbekleidete Nereiden erschreckt und die Arme erhebend,
zum Theil sich nach der Mitte hin umsehend, von dannen. Die eine hält als herkömmliches Attribut
aller Meergottheiten einen Fisch in der Hand. Auf dem andern Bilde sitzt Nereus, als kahlhäuptiger
Greis auf einem blockartigen Sessel ($\lambda i \vartheta o \varsigma\ \xi \varepsilon \sigma \tau \grave{o} \varsigma$? s. o.), in der linken Hand ein langes einfaches Scepter,
in der rechten als Attribut einen Fisch haltend. Auf ihn eilt von rechts her Hermes zu, in hohen
Stiefeln, mit Petasos und Chlamys bekleidet und das Kerykeion in der Linken, die Rechte in demon-
strirender Weise erhebend, um ihm als Verkünder des $\Delta i \grave{o} \varsigma\ \delta' \grave{\varepsilon} \tau \varepsilon \lambda \varepsilon i \varepsilon \tau o\ \beta o \upsilon \lambda \acute{\eta}$ (Overbeck l. c. 197)
den von Zeus gefassten Entschluss zu überbringen. Ihm folgt von rechts her eine Nereide; von der
entgegengesetzten Seite des Bildes, hinter dem Nereus her, eilen zwei andere Nereiden auf den Vater
zu. Diese Nereiden sind ebenso wie die des ersten Bildes langbekleidet. Im Ganzen zählen wir
somit in beiden Bildern ausser der Thetis noch sieben Töchter des Nereus.

Das was uns nun bei dieser Vase auf das Epos hinführt, besteht nicht bloss in dem
gleichsam erzählenden Vortrag beider Bilder, in der schlichten Entwicklung der Momente der
Darstellung n a c h einander, in dem einfachen Ausdruck dieser heroischen Thatsachen ohne
irgend welche beabsichtigte Nebenwirkungen, in der anspruchslosen und natürlichen Erscheinung
aller Personen, sowie in der typischen und conventionellen Behandlung der Gewänder und der
Körperbewegungen, wie sie den der Zeit des Epos am nächsten stehenden älteren und den

---

[1]) Brunn, troische Misc. p. 67.

nach ihnen sich richtenden archaisirenden Bildern eigenthümlich ist: sondern mehr noch als hierin und in der Entfaltung des Nereidenchors in dem Hinweis auf einen weiteren Zusammenhang dieser Thatsachen mit andern, wie das durch die lebhaft bewegte Gestalt des Hermes, den Vertreter des μόρσιμον Διόθεν πεπρωμένον, ausgedrückt ist. Ueber die grosse unteritalische Prachtvase in München Jahn l. c. N. 538 ist oben schon bemerkt, dass wenn sich auch in der am Halse befindlichen Darstellung der ἁρπαγή der Thetis ebenfalls die Figur des Hermes zeigt, und zwar in einer auf ältere Vorbilder schliessen lassenden schwarzfigurigen Composition, trotzdem eben gerade ihres der jüngeren Kunst angehörenden prunkenden Charakters wegen nicht mit solcher Wahrscheinlichkeit wie auf N. 45 die Ableitung des Hermes aus der älteren Auffassung des Mythus angenommen werden kann. Alle übrigen Vasen des archaischen oder archaisirenden Styls aber sind in ihren Compositionen kürzer; theils enthalten sie nur die Hauptgruppe der Thetis und des Peleus wie z. B. Overb. l. c. T. VII, 6; theils zeigen sie neben dieser noch ein paar Nereiden, meistens ihrer zwei (Overb. l. c. T. VII, 3. Heydemann gr. Vasenb. T. VI, 1—3) und allenfalls auch den Cheiron wie Overb. l. c. VII, 5, die wegen ihrer merkwürdigen Inschriften Bergk die Veranlassung zu einem längeren lesenswerthen Aufsatze gegeben hat[1]). Neue Elemente aber finden wir nicht mehr in ihnen; und daher scheint mir eine complete Aufzählung derselben nicht nöthig zu sein, zumal unserer Aufgabe einer Scheidung der Monumente nach ihren durch Styl und Auffassung bedingten Classen, soweit sich diese vorläufig übersehen lassen, genügt sein dürfte.

Erwägen wir nun, was für ein Reichthum von Bildern und Vorstellungen uns trotz der trümmerhaften Ueberlieferung des Alterthums gerade im Kreise des Thetis- und Peleus-Mythus geblieben ist und wie die bedeutenderen Darstellungen desselben gerade der älteren Zeit angehören, so werden wir schon dadurch auf eine über die kurzen Andeutungen des Mythus bei Pindar und den Tragikern hinaus liegende Quelle geführt, die nicht bloss beliebt, sondern auch weit und breit bekannt gewesen sein muss[2]). Die echt epischen Eigenthümlichkeiten dieser älteren Bilder aber, wie sie sich im Allgemeinen in dem ganzen die Darstellung des rein Thatsächlichen in archaischer Einfachheit, Züchtigkeit und Unterordnung unter die Hauptsache betonenden erzählenden Charakter offenbaren, im Besonderen aber durch die breite Entfaltung des Nereidenchors und durch die auf einen weiteren Zusammenhang hinweisenden Willen des Zeus in der Gestalt des Hermes zu constatiren sind, führen geradezu auf das rhapsodirte Epos, und zwar auf die Kyprien des Stasinos, auf die auch Overbeck bereits hingewiesen hat[3]). Damit ist nun freilich durchaus noch nicht gesagt, dass dieses Epos für alle uns als episch erscheinenden Eigenschaften der Bilder mit dem Mythus vom Peleus und der Thetis die directe Quelle der Vasenmaler war — eine Sache, die sich bekanntlich selbst bei den jüngeren, der Tragödie entlehnten Stoffen nur im seltensten Falle mit Bestimmtheit erweisen lässt —, wohl aber werden wir jenes Epos, in dem die älteren Andeutungen des Mythus bei Homer (vgl. Welcker ep. Cycl. II, p. 113) ihre erste grössere Concen-

---

[1]) Ztschrft f. A. W. N. 51 ff. (1850).

[2]) Bewiese nicht schon der Inhalt der Pindarischen Epinikien selber die Bekanntschaft des Dichters mit dem Epos der Kyprien (Welcker, gr. Trag. p. 10 ff), so würde man dies auch aus der oben schon erwähnten Notiz des Aelian Var. Hist. IX, 15 schliessen dürfen: Ὅτι ποιητικῆς ἁπάσης Ἀργεῖοι τὰ πρῶτα Ὁμήρῳ ἔδωκαν, δευτέρους δὲ αὐτοῦ ἔταττον πάντας. ποιοῦντες δὲ θυσίαν ἐπὶ ξενίᾳ ἐκάλουν τὸν Ἀπόλλωνα καὶ Ὅμηρον. λέγεται δὲ καὶ ἐκεῖνο πρὸς τούτοις, ὅτι ἄρα ἀπορῶν ἐκδοῦναι τὴν θυγατέρα ἔδωκεν αὐτῇ προῖκα ἔχειν τὰ ἔπη τὰ Κύπρια, καὶ ὁμολογεῖ τοῦτο Πίνδαρος. Vgl. dazu Boeckh Pind. Fragm. 189. Schon die homerischen Andeutungen (Welcker ep. Cycl. II, 113) setzen eine allgemeine Bekanntschaft mit dem Thetis- und Peleus-Mythus voraus. Vgl. den Scholiasten zu Pind. Nem. III, 55 (31): Παλαιαῖσι δ᾽ ἐν ἀρεταῖς γέγαθε Πηλεὺς ἄναξ] ἔτι πάλαι, φησὶν, ὑμνεῖται ὁ Πηλεὺς καὶ ὑμνεῖτο, οὐ νεωστὶ οὐδὲ ὑπ᾽ ἐμοῦ μόνου. οὐ γὰρ λέγει, ὅτι νῦν γέγηθεν ὁ Πηλεὺς ὡς νῦν πρῶτον ἐπαινούμενος, ἀλλ᾽ ἔτι πάλαι ὑμνεῖτο.

[3]) De indagandi argumenta carm. epic. cycl. ratione. Bonn 1848. p. 31 ss.

tration fanden, als die **Hauptquelle** ansehen müssen, aus der alle diese Vorstellungen immerhin theils direct, theils aber auch vielleicht durch vermittelnde Poesien, wie Bergk l. c. sie bei Gelegenheit einer Aktaeonis des Stesichoros ausführlicher bespricht, geflossen sein dürften. Ohne Zweifel aber wird die eigentliche ἁρπαγή der Thetis in den Kyprien nicht übergangen worden sein. Denn da die von den Göttern besuchte Hochzeit des Peleus und der Thetis ein ausführlich behandelter Gegenstand der Kyprien und gewiss ein **Glanzpunkt**[1]) derselben war, so dürfen wir bei dem durch Aristoteles constatirten episodischen Charakter des Gedichts, das, wie die beiden grösseren Fragmente bei Athenaeus VIII, p. 334 c u. XV, 682 e darthun, alle einzelnen Umstände mit der grössten Genauigkeit behandelte, auch sehr wohl annehmen, dass die ἁρπαγή der Thetis, die nach dem Eingangsmotiv kaum eine Nebensache sein konnte, nicht nur bloss erwähnt, sondern in aller Umständlichkeit geschildert [und, da es sich dabei um den Ursprung des **Achilles** handelte, gewiss noch viel ausführlicher behandelt war als die Flucht der Nemesis vor dem Zeus in dem ersteren der beiden genannten Fragmente [2]). Diese Sache ist von Welcker ganz übersehen worden, wenn er l. c. p. 132 sagt, dass die Fabel vom Peleus und der Thetis nicht gerade vorzukommen brauchte. Die Pindarischen dem Zwecke der Epinikien gemäss sich unterordnenden Andeutungen des Mythus vom Peleus und der Thetis, oder die kurzen Erzählungen der Tragiker und andere derartige die Sache nur flüchtig erwähnende Zeugnisse als directe Quelle für alle diese mit ebenso viel Schönheit als Ausführlichkeit auftretenden Bildwerke ~~als Quelle~~ anzunehmen, das hiesse doch dem durch die Rhapsoden mit seinem Epenschatz aufs Innigste vertraut gemachten, darin lebenden und webenden Griechenvolke — unbeschadet der Herrlichkeit des Pindar — ein testimonium paupertatis ausstellen. Warum sollte es, zumal in der früheren Zeit, auf die doch unsere wichtigeren Bilder durch ihren Styl ausdrücklich hinweisen, aus der **abgeleiteten**[3]) Quelle schöpfen, während der volle unversiegliche Born und Strom der alten Epenwelt selber das ganze Sinnen und Dichten durchdrungen hatte und immerfort noch Jedermann zu Gebote stand? Mit Recht hat daher dem gegenüber Welcker den Grundsatz aufgestellt, dass zunächst immer diejenige Poesie als Quelle anerkannt werden müsse, die ganz direct und ausführlich eine Begebenheit zu ihrem Gegenstande gemacht habe [4]).

Für die schöne Vase von Chiusi N. 46, die den Empfang des jungen Paars durch den freundlichen Cheiron darstellt, lässt sich allerdings der Erweis eines directen Zusammenhangs mit den Kyprien nicht so wie bei den vorhergehenden Vasen darthun, so wahrscheinlich derselbe auch sein dürfte, sowohl wegen des schlichten züchtigen Charakters, der sich auch in dieser gleichfalls in archaisirendem Styl gemalten Darstellung offenbart, und der nun einmal allen älteren, der Zeit nach dem Epos zunächst stehenden Bildern eigen zu sein pflegt, als auch wegen der sich von selbst ergebenden Nothwendigkeit, womit der hier vorgestellte zweite Act dem ersten gefolgt sein muss.

Doch bei dem Götterzuge der François-Vase treten uns alle jene oben nach O. Jahns Vorgang entwickelten Kennzeichen der epischen Quelle entgegen. Ich verweise hier auf dessen zusammenhängende Behandlung dieser Vase in der Einleitung zum Münch. Katalog p. CLII—CLVII[5]). Das ist ein Prachtzug, würdig der Schilderung eines Stasinos. So mag der die breite Entfaltung liebende Dichter bei seiner Darstellung alles dessen, was zu den Hochzeitsfeierlichkeiten des

---

[1]) Jahn l. c. p. CLXIV.

[2]) Vgl. die richtige Bemerkung Overbecks hierüber, Heroengall. p. 171, 1.

[3]) Vgl. Welcker, griech. Trag. I, 10 ff., wo über die Pindarischen Ueberlieferungen aus den Kyprien und den alten Epen überhaupt im Einzelnen gehandelt wird.

[4]) Vgl. Overbeck l. c. p. 543.

[5]) Vgl. auch Braun in den Annali dell' Inst. 1848, p. 306 ff.

Peleus und der Thetis gehörte, auch die in würdevoller Procession einherfahrenden und schreitenden Götter und Göttinnen in einer langen Reihe hinter einander seinen Zuhörern vorgeführt und dabei nichts von allen jenen Einzelheiten vergessen haben, die die sinnliche Ausmalung des Ganzen und die lebhafte Vorstellung bei den das möglichst Anschauliche liebenden Griechen zum Zweck hatte. Wie der Dichter die einzelnen Gaben der Götter vorführte, das haben wir vom Scholiasten der Ilias XVI, 140 gehört (s. o.); ähnliche Andeutungen finden sich denn auch auf dem Bilde der François-Vase, so in der mit Wildpret beladenen Esche des Cheiron und in der mit Wein gefüllten Amphora des Dionysos. Daraus aber mag man entnehmen, dass der Dichter auch alles Uebrige, was sich auf die glänzende Ankunft der Götter bezog, dem entsprechend ausgemalt haben wird: die prachtvoll geschirrten Rosse vor den einzelnen Gespannen, die Attribute, den Schmuck und die kunstvoll gewirkten Gewandungen der Götter, den Gesang der Musen, das Humoristische in der Gestalt des Dionysos, sowie des Hephaestos u. dgl. m. Doch die gewichtigste Bestätigung der Anlehnung des Malers an das Gedicht des Stasinos giebt das zweite Hauptbild der Vase, das die Verfolgung und den Tod des Troilos durch Achilles, also eine jener verhängnissvollen Scenen am Ende der Kyprien darstellt, bei welchem Achilles die Heiligkeit des Apollon verletzte [1]. Zwei solche Bilderwerke aber, von denen das letztere uns die Bedeutung seines Gegenstandes im Epos erst verstehen lehrt [2], und die beide mit einander für die Entwicklung des ganzen troischen Epenkreises von der höchsten Bedeutung sind, insofern das eine auf die Geburt, das andere auf den Tod des Achilles in der weiteren Folge der Ereignisse hinweist: zwei solche Bildwerke, sage ich zu Hauptgegenständen einer und derselben Vase zu machen: das kann nicht ohne Absicht sein. Darin erkennen wir denselben reflectirenden Geist, der auch den Stasinos in seinem Anschluss an die Ilias und die weiteren Gedichte des troischen Kreises leitete, und somit die im höchsten Grade wahrscheinliche Abhängigkeit des Vasenmalers Klitias von dem Epos der Kyprien. Wie dort der Dichter, so giebt auch hier der Maler zwei Scenen, die als die verhängnissvollsten Schicksalskeime für die ganze troische Sage nicht weniger als für das Leben und Ende des grössten griechischen Helden, des Achilles, betrachtet werden müssen.

Fassen wir nun noch einmal den Inhalt der wichtigeren für unsere Frage in Betracht kommenden älteren Bildwerke zusammen, so ergeben sich folgende der epischen Darstellung mit grosser Wahrscheinlichkeit entnommene Umstände:

Am Meeresstrande überfällt Peleus in Begleitung seines Freundes Cheiron, der ihn mit Rath und vielleicht auch mit der That unterstützt, die Nereide Thetis unter ihren Gespielinnen, den Schwestern. Ein gewaltiger Ringkampf beginnt zwischen der Göttin und dem sterblichen Manne, dem die Verwandlungen der ersteren in Feuer und in die Gestalten eines Löwen, Panthers, Drachen und selbst in die eines flüchtigen Vogels nicht zu wehren vermögen. Durch den plötzlichen Angriff in die höchste Angst und Bestürzung versetzt, fliehen die Nereiden in grosser Hast davon, um bei ihrem Vater Nereus eine Zuflucht zu finden. Doch von Zeus abgesandt, tritt Hermes unter die erschreckten Mädchen und zum Nereus hin, wohl weniger deshalb, damit er dem die Zukunft wissenden [3] weisen Greise die Nachricht von der grossen Begebenheit bringe, als vielmehr um durch seine Gegenwart den Willen des Zeus und des Schicksals zu veranschaulichen, sowie eine beruhigende und versöhnende Wirkung auszuüben.

So ergiebt sich denn endlich die ringende Thetis der Kraft des Peleus, und dieser führt die erkämpfte Braut auf den Berg Pelion in die gastliche Behausung des Cheiron. Hier wird sie

---

[1] Welcker A. D. V, 475.
[2] Jahn l. c. p. CLIV. Welcker, A. D. V. 440. 453. 478.
[3] Welcker gr. Myth. I, 620 ff.

von dem alten Waldkentaur in der herzgewinnendsten Weise willkommen geheissen; und es findet ebendaselbst, wie die schriftliche Tradition es in einer die Kunstwerke ergänzenden Weise uns meldet, die von den Göttern besuchte Hochzeit sowie das Beilager statt. Am dritten Tage aber, nachdem Peleus seine Gattin vom Berge in die Ebene hinunter zum Thetideion geführt hat, erfolgt unter dem Gesange und Spiel der Musen jener wundervolle Zug der Götter in die Wohnung des neuvermählten Paars, den der Maler Klitias auf der François-Vase in einer die Augen des Kunstverständigen wahrhaft fesselnden langen prachtvollen Reihe vorführt, und wobei die Geschenke und Gaben der Götter der Phantasie den weitesten Spielraum gestatten.

Damit schliessen die Bildwerke; und nun mag sich begeben, was zur weiteren Entwicklung des $\Delta\iota\grave{o}\varsigma$ $\delta'\acute{\epsilon}\tau\epsilon\lambda\epsilon\acute{\iota}\epsilon\tau o$ $\beta o\nu\lambda\acute{\eta}$ nöthig ist, die Geburt und Erziehung des Achilles.

Ich schliesse hiemit, indem ich mir die weitere Fortführung der Arbeit an einem andern Orte vorbehalte. Das Ganze würde den Raum einer Programm-Studie weit überschritten haben, wie Jeder weiss, der einen Blick in den grossen Denkmäler-Vorrath gethan, der die übrigen Scenen der Kyprien auszeichnet. Weniger aber als das Gegebene durfte ich deshalb nicht bringen, weil ich sonst meinen Plan bei der Durcharbeitung des vorliegenden Stoffes nicht hätte darthun können.

Dr. Friedrich Schlie.

Druck der Universitäts-Buchdruckerei von Adler's Erben in Rostock.